あいさつ通り

怪異伝説【かいいでんせつ】

ダレカラキイタ?

加藤 一［作］
岩清水さやか［絵］

悪魔《あくま》の十三階段《かいだん》

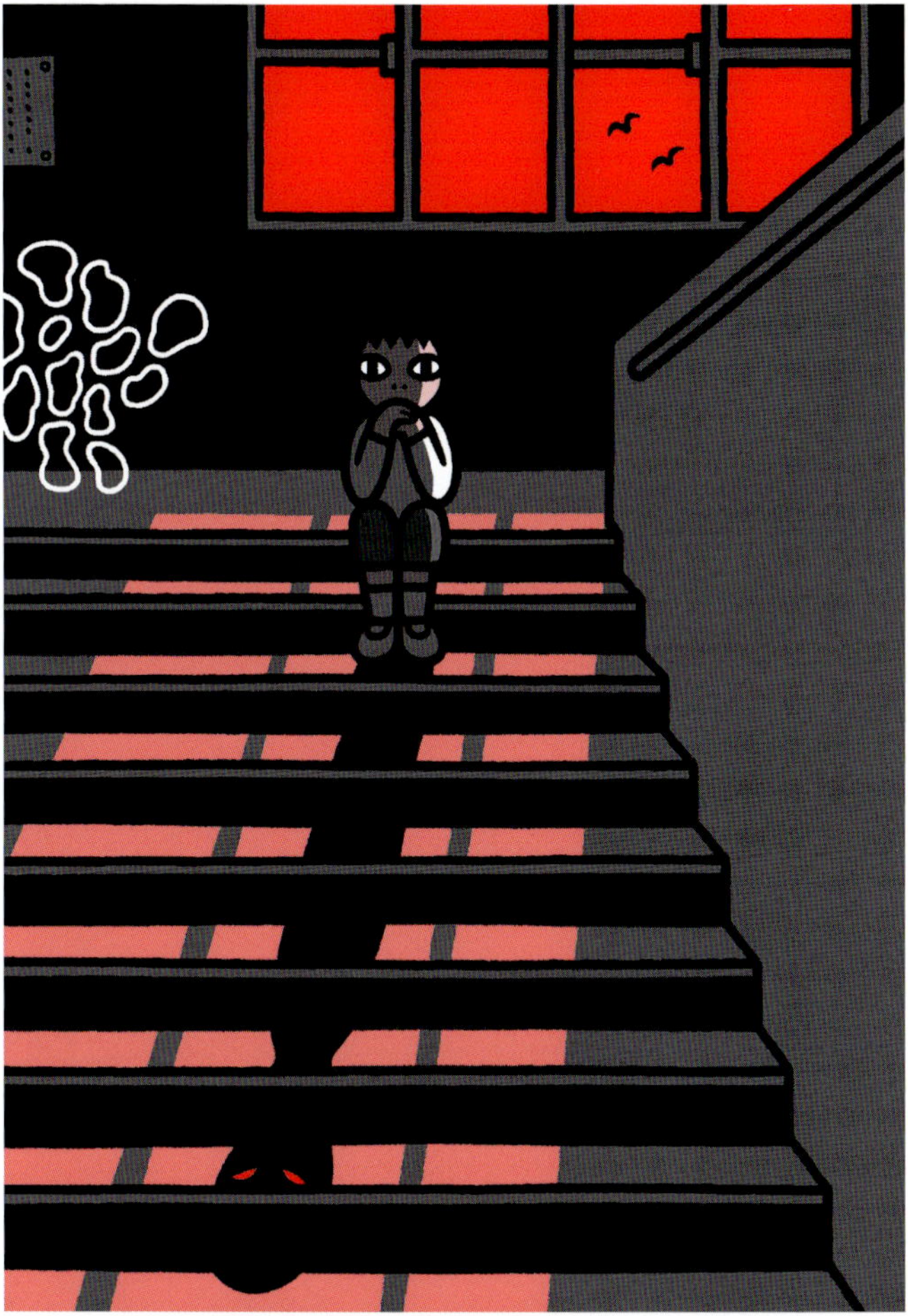

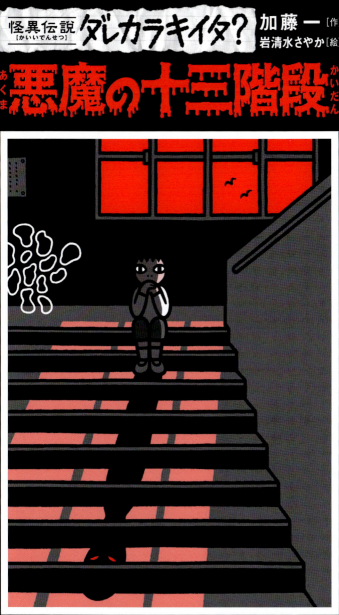

怪異伝説【かいいでんせつ】ダレカラキイタ？

悪魔《あくま》の十三階段《かいだん》

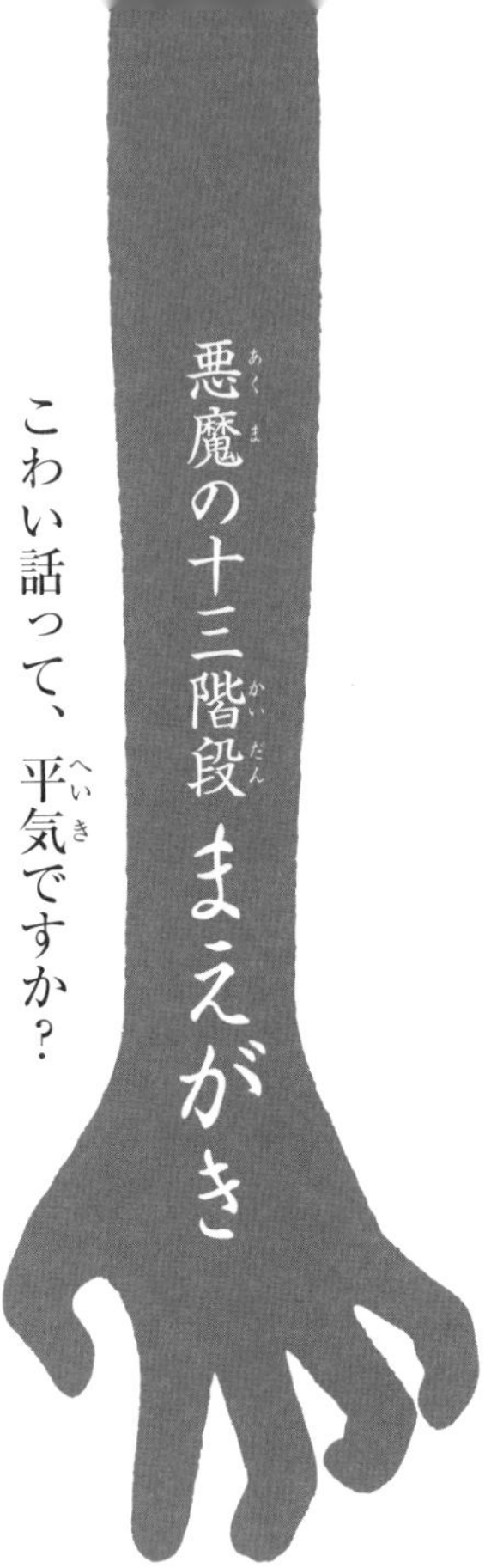

悪魔《あくま》の十三階段《かいだん》 まえがき

こわい話って、平気《へいき》ですか？

この春、小学生になったばかりの新一年生のみなさんどうですか？

最上級生《さいじょうきゅうせい》になった六年生のみなさんはどうでしょう。

新一年生のみなさんは「何を聞いてもおっかない」と思っていませんか？

逆《ぎゃく》に六年生のみなさんは「むかしはこわいと思ってたけど、今はそんなにこわくない」と思うようになっているかもしれません。

何も知らないうちは、どんなものを見てもおばけに見えるし、どんな話を聞いてもこわい話に思えてしまいます。

だけど、いろいろなものを見たり聞いたりするうちに、「なあんだ」「それほどでもないや」「大したことないな」って思うようになるものです。

新一年生のころに聞いたこわい話が、六年生になるころにはこわくなくなっているかもしれません。

じゃあ、六年生になったらもうこわいものはなくなるのかな？

中学生になったら？　高校生になったら？

いつか大人《おとな》になったら何もこわくなくなるのかな？

何も知らないからこわい。知れば知るほどこわくなくなるのかな？

残念《ざんねん》だけどちがいます。

二年生になったら二年生の怪談《かいだん》。

三年生になったら三年生の怪談《かいだん》。

四年、五年、六年生になったらなったで、やっぱりこわい話はあるのです。

世界《せかい》が広がれば広がるほど、よくわからないことがふえて、それだけこわい話もふえていくのです。

たぶん、お父さんもこわがりです。お母さんもこわがりです。

こわいものなんか何もないって顔をしてる、担任《たんにん》の先生だって教頭先生だって校長先生だって、ほんとうはみんなこわがりです。

というわけで、この本にはどの学年の人が読んでもこわくなるような話ばかりを集《あつ》めました。

さあ、準備《じゅんび》はいいですか?

上級生《じょうきゅうせい》は近くにいるかな?

それじゃあ、こわい話を始《はじ》めましょうか。

一年生の怪談《かいだん》◆ランドセルにつくもの

雨の日の窓《まど》

雨の日の教室の窓《まど》はいつもくもっている。

マモルは休み時間になると、いつもくもった窓《まど》に指《ゆび》をなぞらせ、いたずら書きをして遊《あそ》んでいた。

ある日、担任《たんにん》の先生が教室にはいるなり、おこりだした。

「キミですか？　窓《まど》に落書《らくが》きをしたのは」

マモルは、おこられたくないので、下をむいてだまっていた。

「タ・ス・ケ・テなんて、いったい何を助《たす》けてほしいのですか？　勉強《べんきょう》したくないのかな？」

マモルは、先生が何をおこっているのかわからず、窓《まど》を見た。
たしかに四枚《まい》の窓《まど》に一文字ずつ、
タ・ス・ケ・テ
と書いてある。
でも、マモル以外《いがい》に落書《らくが》きをした人はいなかった。
その日から、毎日のように窓《まど》ガラスに〈タスケテ〉の文字がうかび上がった。
こまっていたら、校長先生がどこから持《も》ってきた塩《しお》を窓《まど》ガラスにまいた。
すると、〈タスケテ〉の文字は二度《にど》と出なくなった。

空をやぶってヤツがくる

カミナリ！

ゴロゴロゴロ……ピカッ。

空一面《いちめん》に走る、イナビカリ。

あれは、ただの光なんかじゃない。

空が、裂《さ》けているんだ。

ほら、光の中に大きな顔が！　光のフチをつかんでいる、大きな指《ゆび》が！

ドゴオオオオン！

……すごい音だ。近くに落《お》ちた。空の裂《さ》け目《め》からのぞいていた。あいつが。

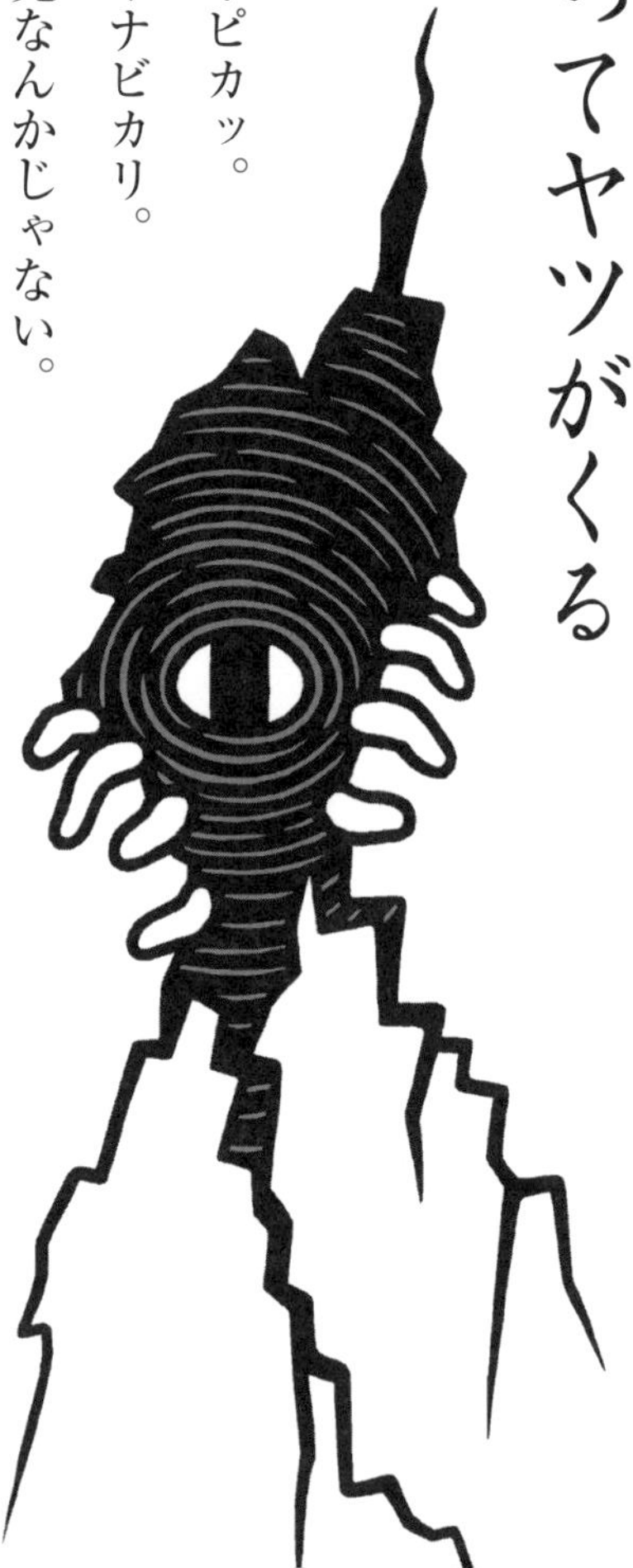

しり文字

後ろをむいて、願《ねが》いごとをおしりで宙《ちゅう》に書く。
はずかしいなら一人でいるときにやればいい。
だれもいないのに笑《わら》い声《ごえ》が聞こえたら、たぶん失敗《しっぱい》。
あした学校の黒板《こくばん》にどんなお願《ねが》いごとを書いたのか書かれてしまっている。

○×○×とけるかな
こいのくあみんちごひうめをろときくすと
りおかばとけむがなくわるはよ

北校舎《こうしゃ》のトイレ

北校舎《こうしゃ》の二階《かい》にあるトイレはだれもはいらない。

おばけが出るんだって。

だからマモルは二階《かい》じゃなくて、一階《かい》のトイレにはいった。

おなかをこわしてたから、ガマンできなかったんだ。

用を足して、トイレットペーパーを取《と》ろうとしたら何か書いてある。

「ウ」

もう少し引っぱってみた。

「エ」

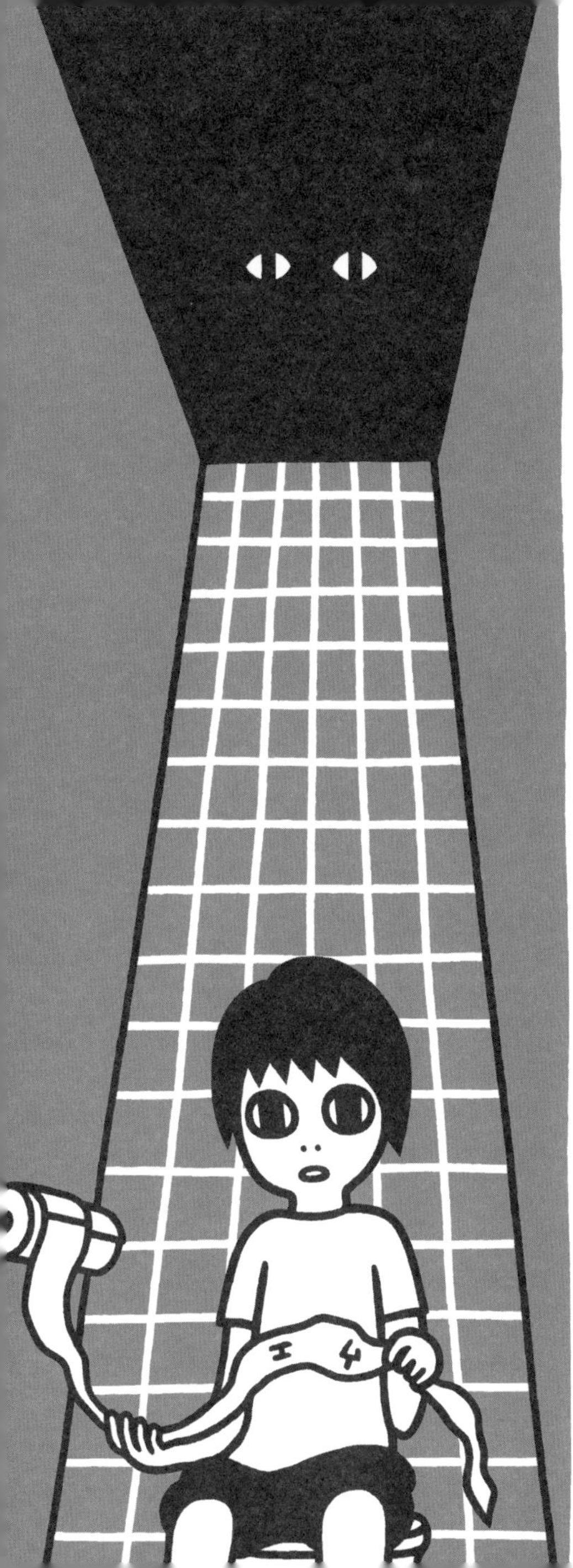

ウ・エ？

パサッと何かが顔に当たって、マモルは上を見た。

「モウスンダカイ？」

長い緑色《みどりいろ》の髪《かみ》の毛《け》をたらしたおばけが、さかさにぶら下がっていた。

ぽちゃぽちゃ

よく晴れた日でした。

授業《じゅぎょう》中に音が聞こえてきました。

ぽちゃ、ぽちゃ
水がたれる音です。またかだれかおもらしをしたのかな？　それとも雨でもふりだしてきたのかな？

キョロキョロとまわりを見回しました。

すると、窓側《まどがわ》の一番後ろの空いている席《せき》に女の子がすわっていました。この組の子じゃないようです。

女の子は頭からたくさんの血《ち》を流《なが》してい
て、その血《ち》がゆかに、
ぽちゃ、ぽちゃ
とたれていました。
ぼくは思わず、大きな声を上げそうにな
りましたが、みんなが静《しず》かにしているので
ガマンして、女の子から目をそらしました。
ぽちゃ、ぽちゃ
ぽちゃ、ぽちゃ
音がどんどんぼくに近づいてきます。
ぽちゃ、ぽちゃ

ぽちゃ、ぽちゃ

とうとう、ぼくのすぐ横《よこ》から音が聞こえてきています。

「ぎゃああ」

ぼくはたまらず、声を出して立ち上がりました。

すると、音は鳴りやみました。

「あははははは」

クラスのみんなはぼくが急《きゅう》に大きな声を出したので、笑《わら》いました。

でも、先生だけは

「だいじょうぶですよ。先生にも女の子が見えていました。マモルくん、こわかったのによくガマンしましたね」

と、ほめてくれました。

サンタさんへの手紙

「ほんとうにほしいものは、だれにもいわないでサンタさんにお手紙を書くんだよ」

ぼくが小さいころ、いなくなったネコをさがしていたときに知り合った、でっぷり太った白いヒゲのおじさんは、そうぼくに教えてくれた。

「それが何より大事《だいじ》なものなら、いつかきっと手にはいる」

ぼくは、どうしてもほしいものがあったので、その年のクリスマスから手紙を書き始《はじ》めた。

そうしたらプレゼントが二つとどくようになった。

一つはキレイなリボンがついたオモチャや絵本。
もう一つはよごれた、ぼく以外《いがい》にはゴミに見えるようなものだ。
最初《さいしょ》は毛糸玉だった。そのつぎは小さなねずみのぬいぐるみ。
今年は、ぼろぼろになった首輪《くびわ》がクリスマスの朝、ぼくのまくらもとに落《お》ちていた。
迷子《まいご》ふだの名前は読めなかったけれど、ぼくはうれしくてドキドキした。
だってぼくのほしいものは……ないしょだよ。

お墓《はか》の真《ま》ん前《まえ》

「ただいまあ」

と、玄関《げんかん》のドアを開《あ》けたはずだった。

だけど、そこはお墓《はか》の前だった。

じめじめして、コケが生えた古いお墓《はか》。お線香《せんこう》のにおいもする。

あわてててドアを閉《し》めた。

「……び、びっくりした」

そろそろとドアを開《あ》けると、いつもの玄関《げんかん》だった。

「気のせいかなあ」

「おしっこおしっこ、もれちゃう！」

と、トイレのドアを開《あ》けたはずだった。

だけど、そこはまたしてもお墓《はか》の前だった。

雨や風にさらされて文字がうすくなった卒塔婆《そとば》が何本も立っている。

「うわっ」

ぼくはズボンのチャックを下ろしかけていたところだったけど、あわててドアを閉《し》めた。

でも、おしっこはしたい。しないともれちゃう。

ぼくがびくびくしながらドアを開《あ》けると、いつものトイレだった。

「気のせい、かなあ」

それからというもの、ドアは静《しず》かに開《あ》けるようになった。

そっと開《あ》けて、中をたしかめてから開《ひら》けばだいじょうぶ。

家でも学校でもそうした。

筆箱《ふでばこ》を開《あ》けるときも気をつけた。

いきおいよく開《あ》けるとだいたいお墓《はか》が見えた。

「マモル！　いつまでもテレビ見てないで、早くお風呂《ふろ》はいりなさい！」

ママにしかられて、ぼくはしぶしぶ立ち上がった。

あともうちょっとだけ見たいのに！

流《なが》れてくるテレビの音を聞きながら、ぼくはうわの空のまま服《ふく》をぬいだ。

シャツをぬいでパンツをぬいでタオルを持《も》って、いきおいよくお風呂場《ふろば》のドアを開《あ》ける。はだかになると寒《さむ》いから早くあたたまりたかった。

そのまま飛《と》びこむ。冷《つめ》たいタイルが足の裏《うら》に……伝《つた》わってこない。

なんだかざらっとして土や小石をふんでいるようだ。

「……しまった！」

顔を上げると、そこはやっぱりお墓《はか》の前だった。

ふり返《かえ》っても、お風呂《ふろ》のドアはなかった。

タオル一本だけ持《も》った真《ま》っぱだかのぼくは、

だれもいないお墓《はか》の真《ま》ん前《まえ》に一人ぽつんと立っていた。

二年生の怪談《かいだん》◆九九の九は苦《く》

ニガイニガイ

ブラックコーヒーばかり売っている、真《ま》っ黒《くろ》な自動販売機《じどうはんばいき》を見つけた。

「何これ！　こんな苦《にが》いの売れるわけないじゃん！　いっそ売れ残《のこ》れ！」

あまいのが大好《だいす》きなあたしは、ついそういっちゃった。

すると、自動販売機《じどうはんばいき》がウオーンと、うなった。

『じゃあ、ぜんぶおまえにやるよ』

たしかに、そう聞こえた。

その日から、あたしは何を飲《の》んでも苦《にが》い味《あじ》しか感《かん》じない。

あやまったら、ゆるしてくれるかな。でも、あの自動販売機《じどうはんばいき》、どんなにさがしても見つからない。

ああ……あまいジュースが飲《の》みたい！

二階《かい》からシューティング

おじいちゃんに教わって、輪《わ》ゴムとわりばしで作ったゴム鉄《でっ》ぽう。

わりばしを輪《わ》ゴムでぐるぐるってまいて、そこに短《みじか》く折《お》ったわりばしで引き金を作ればできあがり。

輪《わ》ゴムを引っかけて引き金を引けば——。

——パチッ！

標的《ひょうてき》代《が》わりに立てた消《け》しゴムが、ピンとはねた。

これはおもしろいぞ。

ぼくはいろいろなものを撃《う》ってみた。

花びんの花を撃《う》って、庭木《にわき》の葉《は》っぱを撃《う》った。

虫が飛《と》びこんできたので、それも撃《う》った。

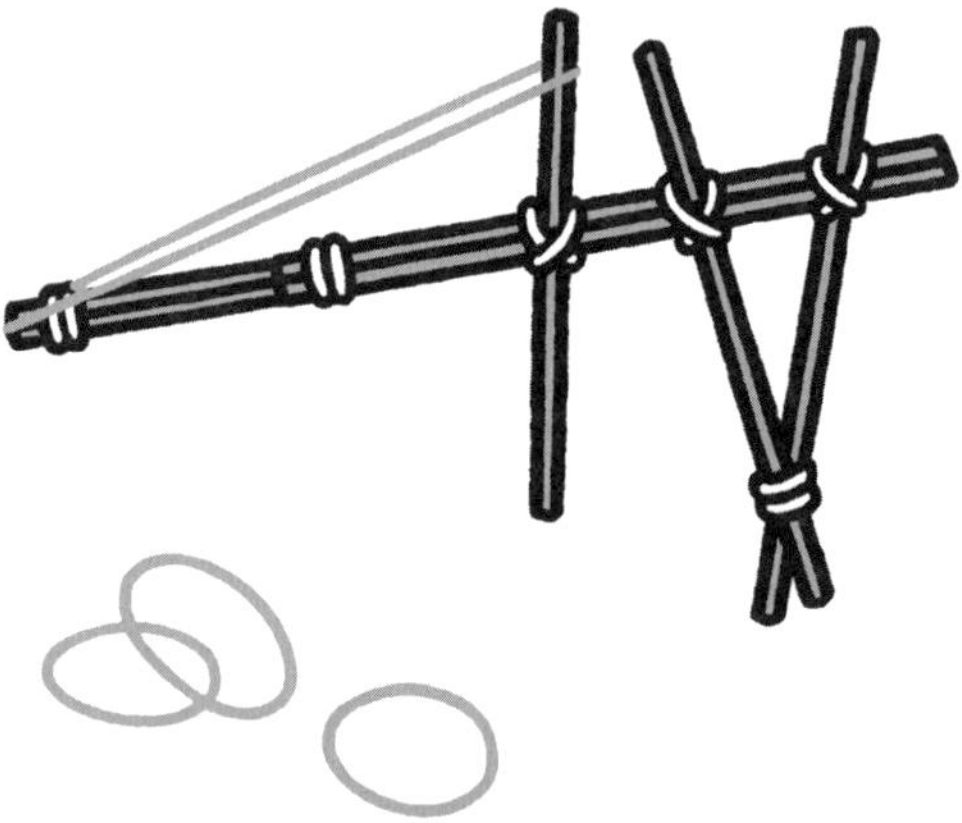

輪《わ》ゴムが当たった虫はこなごなになって吹《ふ》きとんだ。

ベランダの手すりに止まっていたハトを撃《う》つと、ハトは豆鉄《まめでっ》ぽうをくらったような顔をしてバサササッと飛《と》び立っていった。

「豆鉄《まめでっ》ぽうじゃなくてゴム鉄《でっ》ぽうだけどね！」

生《い》き物《もの》にむけてはいけないといわれていたのに、一度《いちど》ハトを撃《う》ったらもう歯止《はど》めがきかなかった。

ネコにむかって撃《う》つと、ニャーンと鳴いて逃《に》げていった。

ほかにも何かねらえるものはないかな。二階《かい》の窓《まど》から身《み》を乗《の》り出してキョロキョロすると、通りのむこうから自転車《じてんしゃ》に乗《の》った出前持《でまえも》ちが近づいてきた。

「あれを撃《う》ってやれ！」

生《い》き物《もの》はもちろん、人にむけてはいけないとおじいちゃんにいわれていたんだけど、大きい的《まと》を撃《う》つ誘惑《ゆうわく》には勝《か》てなかった。

ねらいをさだめて引き金を引く。

――パチッ！

輪《わ》ゴムは出前持《でまえも》ちに命中《めいちゅう》――するかと思ったら当たらなかった。

出前持《でまえも》ちは大きくバランスをくずしたけど、するりと姿勢《しせい》を持《も》ち直す。

「あれっ？」

ぼくはくやしくなって、もう一発《ぱつ》撃《う》った。

――パチッ！

輪《わ》ゴムは真《ま》っすぐ飛《と》んで、今度《こんど》こそ出前持《でまえも》ちの顔に命中《めいちゅう》――するかと思ったのに、またしても当たらなかった。

出前持《でまえも》ちはひっくり返《かえ》りそうになるくらいまでかたむいて、おかもちが地面《じめん》にたたきつけられそうだったんだけど、やっぱり絶妙《ぜつみょう》のバランスをたもってギリギリでたおれない。

何度《なんど》くり返《かえ》しても同じだった。

出前持《でまえも》ちは、自転車《じてんしゃ》をとめてぼくんちにやってきた。

「毎度《まいど》あり！　出前《でまえ》お持《も》ちしました！」

という声と、「マモル！　ごはんきたよー」とぼくをよぶママの声が下の階《かい》から聞こえる。

階段《かいだん》を下りていくと、出前持《でまえも》ちが玄関《げんかん》を出ていくところだった。

出前持《でまえも》ちはぼくと目が合うと、ニヤリと笑《わら》った。


「いただきまー……あっ」

カツ丼《どん》のふたを取《と》ると、ぼくのドンブリのカツ丼《どん》だけ、みんなのとちがっていた。

白いごはんの上には、カツのかわりに輪《わ》ゴムがぎっしりつまっていた。

古いとび箱《ばこ》には、とび箱《ばこ》の神様《かみさま》がいる。
どうしてもとべなくて、泣《な》きそうになってる子どものおしりを、
ポンッと押《お》して手伝《てつだ》ってくれる——こともある。

電車の写真《しゃしん》

アキラはユウタに一枚《まい》の写真《しゃしん》を見せた。

「どうだい、かっこいいだろう？」

電車の写真《しゃしん》だった。

アキラは電車が大好《だいす》きで、よく一人で駅《えき》に行って、電車の写真《しゃしん》を撮《と》っていた。

アキラが使《つか》っているカメラは大きくて、とてもりっぱだ。

「ほんとだ！　上手《じょうず》に撮《と》れてるね！」

ユウタが写真《しゃしん》をほめると、アキラは得意《とくい》気《げ》に笑《わら》った。

「じゃあ、この写真《しゃしん》あげるよ！」

それから二日後、アキラは駅《えき》のホームから足をすべらせて、死《し》んだ。

先生がいうには、写真《しゃしん》を撮《と》るのに夢中《むちゅう》になりすぎたのだそうだ。

ユウタは帰宅《きたく》してから、アキラからもらった電車の写真《しゃしん》をもう一度《いちど》見た。

「あっ！」

写真《しゃしん》の中の電車が、まるでテレビみたいに動《うご》きだした。

ガタゴトガタゴト、と写真《しゃしん》から電車が走る音が鳴る。

「おい！　アキラー！」

ユウタは電車の窓《まど》からこちらに手をふるアキラのすがたを見つけた。

「アキラー！　バイバーイ！」

ユウタは写真《しゃしん》の中のアキラに手をふり返《かえ》した。

大好《だいす》きな電車に乗《の》って、ニコニコと笑《わら》うアキラの顔を見て、ユウタはホッとした。

電車は行ってしまった。

そして、ただ線路《せんろ》だけが写《うつ》った写真《しゃしん》が手もとに残《のこ》った。

校庭《こうてい》にある丸いポストは、
黒い服《ふく》の人が
ぎゅうぎゅうづめにされている。

カミナリ

夏休みの少し前だった。

二年生だったあたしは、それがとっても楽しみだった。

だって、遊園地《ゆうえんち》に行く予定《よてい》だったんだもの。


その日は、大雨がふっていた。

クラスは電灯《でんとう》をつけなければ、暗《くら》く感《かん》じるほどだった。特《とく》にあたしのすわっているところはろう下が近い。ろう下のむこうは窓《まど》がある。でも太陽《たいよう》の光ははいってこない。だから、暗《くら》い。

となりにすわっているユカちゃんに「外、すごい雨だね」って話しかけたことをおぼえている。

ユカちゃんも「そうだね」ってこたえた。そして、ろう下のほうを見た。

あたしもそれをマネして、そっちを見た。

びっくりした。

ろう下のむこうにある窓《まど》の下に、小さな顔がならんでいた。

どれも外にあった。

ぜんぶで六つ。子どもの顔だ。

でも、めちゃくちゃ小さく見える。ふつうよりずっと……。きっとテニスボールくらいしかない。

どれも泣《な》いていた。苦《くる》しそうだった。

ユカちゃんがこちらをふり返《かえ》った。

「見た？」

あたしは、うん、といった。

ユカちゃんは顔をヒクヒクさせている。今にも泣《な》いちゃいそうだ。

どうしたらいいのだろう。

考えていると、外が強く光った。

そしてすぐ大きな音が鳴る。教室ぜんぶがぐらぐらゆれるくらいだ。

あたしはまぶたを閉《と》じた。

みんなが大声を上げているのが聞こえる。

近くにカミナリが落《お》ちたのだった。

目を開《あ》けると、ユカちゃんがこちらを見ていた。

そして、こんなことを教えてくれた。

「あのね、あの小さな顔ね」


――カミナリが光ったとき、何かがおりてきて、さらっていっちゃったの。


ユカちゃんは目を閉《と》じなかった。

そしてあのとき、何かを見た。

でも、それがどういうものなのかまでは、わからなかったみたいだ。

見えたのは大きな黒い手二つが顔を一気につかんだことだけだった。

あたしは窓《まど》を見た。顔はなくなっていた。

外は強い雨がざんざんふっていて暗《くら》く、遠《とお》くも近くも見えなかった。

夏休み。
登校《とうこう》日《び》、ユカちゃんと会っておどろいた。
ユカちゃんはメガネをかけるようになっていた。
「あの、顔とカミナリのときの何かを見てから、あっというまに目が悪《わる》くなったの」
今はメガネがなければ、歩けないほどらしい。
あたしは外が雨で暗《くら》いとき、ろう下のほうを見ない。
また顔があって、カミナリが落《お》ちたら。
そしてそれを見たら。

スーパーハイスピード車いす

入院《にゅういん》していたおばあちゃんが退院《たいいん》してきた。

「もう、すっかりよくなったのよ」

おばあちゃんは顔色もよくなって元気そうだった。

ただ、入院《にゅういん》しているあいだに足腰《あしこし》が弱って、車いすから立てなくなってしまったのだそうだ。

「でもだいじょうぶよ。車いすがあるから。おばあちゃん、どこへだって行けちゃうんだから」

「そうなんだ！　じゃあぼく、車いすを押《お》すよ！　いろいろなところにおばあちゃんを連《つ》れていくよ！」

「まあ、うれしい」

おばあちゃんはそういってよろこんでくれた。

よおし、押《お》すぞ！

……と思ったんだけど、なかなか重《おも》い。

「マモル、だいじょうぶか？　パパ、手伝《てつだ》おうか？」

「いや、ぼく、一人で、だいじょう……ぶっ！」

がんばって車いすを押《お》していると、急《きゅう》に軽《かる》くなった。

あれっ。

車いすはするすると動《うご》く。

「あらあら、こりゃラクチンだわねえ」

おばあちゃんは大よろこびだ。

ぼくが急《きゅう》に力持《ちからも》ちになったのかな。おばあちゃんの車いすって、モーターのついた自走式《じそうしき》だったっけ。それとも、下《くだ》り坂《ざか》になったのかな。

そんなことはない。ここはちょっと上《のぼ》り坂《ざか》になっているくらいなのだ。

だんだんスピードが出てきた。

ぼくが車いすを押《お》す力よりも、車いすがぼくを引っぱる力のほうが強くなってきた。ぼくはもう、車いすに追《お》いすがるだけでせいいっぱいだ。

「おばあちゃん、こんなスピードはじめてだわ」

何も知らないおばあちゃんは大よろこびだ。

でもぼくはよろこんでなんかいられなかった。どうすれば車いすを止められるか、そればかりを考えてた。

車いすのブレーキって、どこだ。ブレーキレバーとかないんだろうか。

いくらふんばっても、車いすのスピードはどんどん速《はや》くなっていく。

上《のぼ》り坂《ざか》をどんどん上っていく。

ついにぼくは車いすに追《お》いつけなくなって、ふり飛《と》ばされた。

ぼくのしがみついていた車いすのハンドルを、別《べつ》のだれかの手がつかんでいるのが見えた。

おばあちゃんの車いすの車輪《しゃりん》の両側《りょうがわ》をぐるぐる回す、別《べつ》の手も見えた。

おばあちゃんは楽しそうに「こりゃいい、すごくいいよ」とさけんだ。

「もっと速《はや》くしてちょうだいな！」

四本の真《ま》っ黒《くろ》い手は、おばあちゃんの車いすをどんどん加速《かそく》させていって、坂道《さかみち》を上り切って行ってしまった。


……それっきり、おばあちゃんは帰ってこない。

だれかぼくのおばあちゃんを知りませんか？

三年生の怪談《かいだん》◆禁《きん》じられた実験《じっけん》

ターバンぐるぐる

ぼくんちの近所《きんじょ》にできた、新装開店《しんそうかいてん》のカレー屋《や》さん。
すごくおいしいと評判《ひょうばん》で、家族《かぞく》で出かけたら満員《まんいん》ではいれなかった。
「しかたない、ならんで待《ま》つか」
行列《ぎょうれつ》の一番後ろにならんで順番待《じゅんばんま》ちをしていたら、店の裏口《うらぐち》からお店の人が出てきた。
頭に白くて長い布《ぬの》をぐるぐるまきにしている。
うわあ、すごい。ほんとうにターバンまいてるんだ！
あの布《ぬの》、暑《あつ》そうだなあ。たいへんそうだなあ。

きっとキッチンはとても暑《あつ》いのだろう。
大汗《おおあせ》をかいてふうふういっている。
その人は頭の布《ぬの》をほどき始《はじ》めた。布《ぬの》といっしょに顔もほどけた。
布《ぬの》をどんどんほどいていくと、首から上は空っぽになった。
その人は空どうになった上着《うわぎ》の穴《あな》を、片手《かたて》でパタパタあおいでいる。

「わっ。すごい！　あんなふうになってたんだ！」

ぼくは思わず声を上げてしまった。

すると、ぼくに気づいたのか、あわてて布《ぬの》をたぐりよせ、てきとうにぐるぐるまいて首の上にドスンと乗《の》っけて、店の中に戻《もど》ってしまった。

「おっ。やっとうちの番が回ってきたな」

家族《かぞく》といっしょに店の中にはいると、「イラッシャイマセ。ナニシマスカ？」とカタコトの日本語でしゃべる店員《てんいん》さんがやってきた。

あわててまいたターバンはぐちゃぐちゃで、目は耳の後ろ、鼻《はな》はアゴの下、ヒゲは頭のてっぺん、耳はコメカミのあたりから生えていた。

ターバンと顔がつながってたなんて知らなかった。

缶《かん》けり

公園で友だちと缶《かん》けりをした。

「ねえ、あの子だれ？」

缶《かん》のそばで鬼《おに》の役《やく》をしている子に見おぼえがない。

かくれながら、みんなで「あの子だれだろう」と話していた。

その子はかくれている子を見つけるのも缶《かん》を守《まも》るのも上手《じょうず》で、だれも缶《かん》をけれない。

友だちは一人、また一人と見つかって、残《のこ》っているのはわたしだけになった。

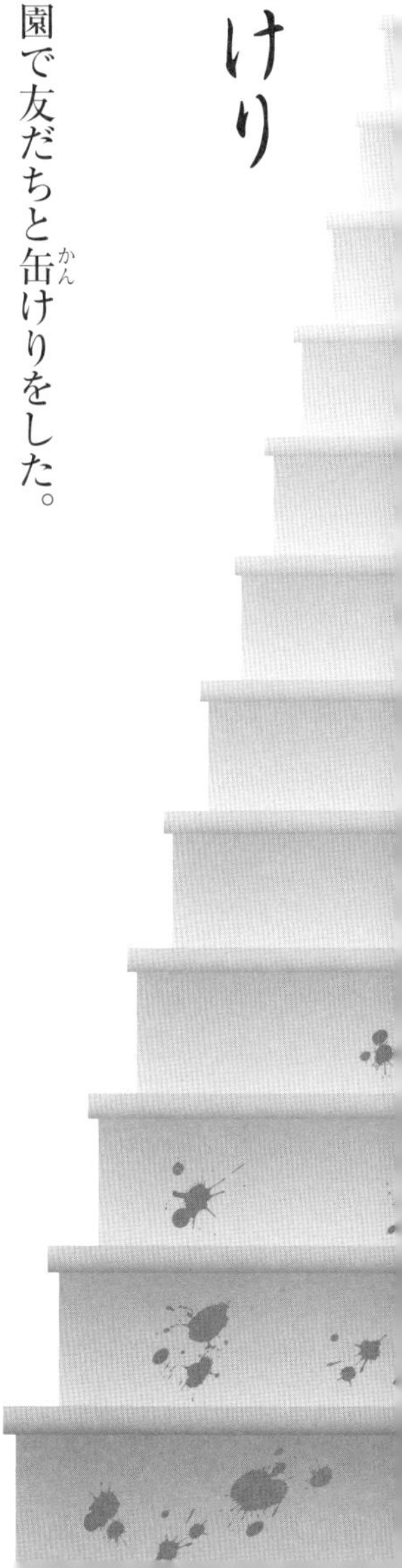

「ねぇ、残《のこ》りはわたしだけだし、あなたの勝《か》ちでいいよ」

「ダメー、最後《さいご》までやろうよ」

もう勝負《しょうぶ》はついてるのに、その子はやめさせてくれない。

(そういえば見つかった子たちはどこに行ったんだろう)

鬼《おに》のそばにはだれもいない。たしかみんな見つかってしまったはずだ。

かくれながら鬼役《おにやく》の子をよく見る。

白い顔。長い髪《かみ》。やせた手足。

なんだか気味《きみ》が悪《わる》くなって、そのままこっそり家に帰ってしまった。

家に着《つ》くと、いっしょに缶《かん》けりをしていた子どもが全員《ぜんいん》いなくなったと大さわぎになっていた。

「いっしょに遊《あそ》んでいたんじゃなかった？」

いなくなった友だちのお母さんが、やさしく聞いてきた。

「公園で缶《かん》けりをしていたの」

「缶《かん》はどこから持《も》ってきたの？」

「……公園の裏《うら》にあるお墓《はか》のところからです」

お墓《はか》におそなえしてあった、空っぽのジュースの缶《かん》を使《つか》ったのだ。

するとそのお母さんの顔色がみるみる変《か》わった。

「あなたたちはおそなえ物《もの》を勝手《かって》に使《つか》ってしまったの⁉」


新しいおそなえをするのではダメらしい。

「あなたたちが遊《あそ》んでいた鬼役《おにやく》の子は、お墓《はか》にはいっている子どもなのよ。あなたが鬼《おに》にタッチしないと、その子はあきらめないわよ」

しぶしぶ公園に戻《もど》ってみると、鬼役《おにやく》の子は缶《かん》の前に立って、わたしに手をふってきた。

トーテムポールに近づくな

マサカズがいった。

「塾《じゅく》の帰りに、学校の体育館《たいいくかん》の裏側《うらがわ》を通ったんだ。

そうそう、あのトーテムポールがあるところ。

ゴゴゴって音がするから、何かなと思ったらさ。

トーテムポールがおれを見てたんだよ。

上から二段目《だんめ》の青くてツリ目の顔あるだろ？　あれが、目だけでこっちをジッと見ててさ。

いや、おれだって気のせいだと思ったよ？

でもちがうんだ。

自転車《じてんしゃ》でフェンス越《ご》しにトーテムポールの前をすりぬけたんだけど、すれちがうときトーテムポールの二段目《だんめ》の顔だけが、ズズズッて動《うご》いておれのほうに顔をむけたんだよ。いや、ほんとう。マジでマジで」

同じ塾《じゅく》に通うミキホもいった。

「うんうん。それあたしも知ってる。

あたしんとこの小学校にもトーテムポールがあるんだよね。うちの小学校のは、赤いのと青いのと緑《みどり》のが三本立ってるの。

赤いのは目をつぶってる。青いのは耳をふさいでる。緑《みどり》は口をふさいでる。

それが垣根《かきね》の上から頭だけ出してならんでるんだけど。

やっぱり塾《じゅく》帰りにさ、そのトーテムポールの前を通ったんだ。

そしたらさ。トーテムポールがいつもよりも歩道側《ほどうがわ》に近いような気がして。

あれ？　って思って立ち止まったら――。

トーテムポールが三本とも、垣根《かきね》の上にばさばさばさってたおれてきて。

それでゲラゲラ笑《わら》うんだよ。大きな声で。

あたし、びっくりしたのなんの。

でもほんとうにびっくりすると、悲鳴《ひめい》って出ないんだねえ。それでとにかく逃《に》げた。

つぎの日、お兄ちゃんについてきてもらったんだけど、トーテムポールはもとに戻《もど》ってて、ぬけたり動《うご》いたりしたあとはどこにもなくて。

そもそも、トーテムポールは地面《じめん》のコンクリートにうめこんであったんだよ。だからぬけるわけなんてない、ってお兄ちゃんにも笑《わら》われて」

ほんとうのことをいえば、マサカズとミキホの話をぼくは頭から信《しん》じていなかった。

だから、最初《さいしょ》は「またまたー」って聞き流《なが》していた。

実《じつ》はぼくの小学校にもトーテムポールがある。何年か前の卒業生《そつぎょうせい》が作ったものだそうで、この近くの小学校の中では一番大きい。なんたって、高さが三階建《がいだ》ての校舎《こうしゃ》にとどくくらいある。

だれがよんだか「おばけトーテム」なんていわれてる。おばけが出るんじゃなくて、おばけのように大きい、って意味《いみ》らしい。

塾《じゅく》からの帰り道、二人の話を思い出した。

いつもは通らない道なんだけど、おばけトーテムが妙《みょう》に気になってきた。

校門の横《よこ》に立っているぼくの小学校のおばけトーテムは、顔がすごく高いところについている。顔の両側《りょうがわ》につばさのような、腕《うで》のような、耳のようなものもついているんだけど、それもすごく高いところにある。

そのせいで、夜になるとほとんどトーテムポールには見えなくて、ただの電柱《でんちゅう》みたいだった。

ぼくはおばけトーテムの近くまで行ってみたけど、特《とく》にいつもと変《か》わりはなかった。

「……ほーら、なんでもない。なんにもない」

ぼくは安心《あんしん》しておばけトーテムに背中《せなか》をむけた。

その瞬間《しゅんかん》、笑《わら》い声《ごえ》が聞こえた。

ワハハハ、っていってた。

ぼくの体を、だれかがわしづかみにしてた。
ぼくの体はふわっと宙《ちゅう》にういて、それから、それから……。

塾《じゅく》から帰ってこないぼくをパパとママは一晩中《ひとばんじゅう》さがし回っていたらしい。
翌朝《よくあさ》、ぼくはおばけトーテムのてっぺんの腕《うで》に引っかかっているところを発見《はっけん》された。パパとママは、あんぐりと口を開《あ》けてぼくを見上げていた。

今年も豊作《ほうさく》

ぼくの家の庭《にわ》には、姉の木がある。

「おばあちゃんがこの家にとついできたときには、もう植《う》えてあったのよ」

というから、かなりむかしからあるらしい。

姉の木は、毎年初夏《しょか》ごろに花をつける。姉のセミロングの髪《かみ》に白い花がよくにあう。

花の終《お》わりと同時に小さな青い実《み》をつけた姉の木は、夏をすぎ、秋も深《ふか》まってくると実《み》が熟《じゅく》してくる。

「うちの庭《にわ》の姉の木の実《み》はそのままじゃダメなのよ。渋姉《しぶあね》だから」

見た目はあまそうなのになあ、と毎年思う。

渋姉《しぶあね》は、熟《じゅく》していても渋《しぶ》くて渋《しぶ》くてあまくならない。

口が曲《ま》がるほど渋《しぶ》い。

だから、干《ほ》し姉《あね》にするのだ。

おばあちゃんに習《なら》って、むかしながらのやりかたで干《ほ》し姉《あね》作りをする。

「まず、姉の木から渋姉《しぶあね》をもぐのよ。首のところは残《のこ》してね。そこにヒモをかけるから」

ぼくはおばあちゃんにいわれたとおり、姉の実《み》の頭の上のほうを枝《えだ》から切り離《はな》した。いくつもいくつも同じように姉をもいでいく。

「このくらいで足りる?」

おばあちゃんは、上等《じょうとう》だ、と笑《わら》った。

「つぎに、姉の実《み》の皮《かわ》をむいて、首のところにヒモをむすんで、そうそう。それから軒下《のきした》の風通しのいいところにぶら下げておくのよ」

渋《しぶ》くて渋《しぶ》くてお話にならない渋姉《しぶあね》も、こうして風にさらせば渋味《しぶみ》がぬけてあまい干《ほ》し姉《あね》になるんだそうだ。

やっぱり姉は干《ほ》し姉《あね》にかぎる。

あまくてあまくて、ぼくにおこづかいだってくれちゃう。

なんでもいうことを聞いてくれて、宿題《しゅくだい》だってやってくれちゃう。

ああ、早くあまい姉にならないかなあ。

軒下《のきした》にゆれるいっぱいの干《ほ》し姉《あね》を見上げ、ぼくは完成《かんせい》が待《ま》ち遠しくてたまらなかった。

三丁目《ちょうめ》の鬼婆《おにばば》

マサカズくんの学校には妙《みょう》なウワサ話がある。

「三丁目《ちょうめ》には鬼婆《おにばば》が出る」

校内でそこに住《す》んでいる子はいない。

三丁目《ちょうめ》には子どものいるうちは一軒《けん》もないからだ。

なぜそこに子どもが住《す》んでいないかはよくわからない。

若《わか》い夫婦《ふうふ》もお年寄《としよ》りも、たくさんの人が住《す》んでいるが子どもだけはいない。

三丁目《ちょうめ》に転校生《てんこうせい》が住《す》んでいたことがあったが、すぐに引っこしてしまった。

家の建《た》てかえのために、三丁目《ちょうめ》のアパートを借《か》りていた家族《かぞく》もすぐに引っこしをした。

なぜ三丁目《ちょうめ》ばかりそうなるのか。

一度《いちど》となりに住《す》んでいるおばあさんにたずねてみたことがある。

「あそこは鬼婆《おにばば》がいるから。鬼婆《おにばば》は子どもを殺《ころ》しにくるから。そのかわり鬼《おに》婆《ばば》から逃《に》げ切ればすごい力も手にはいるんだよ」

まじめな顔でおばあさんはこたえた。

「そんなの、ウソに決《き》まっている」

マサカズくんは信《しん》じなかった。

それでもその「すごい力」というものが気になった。

(すごく頭がよくなるとか、足が速《はや》くなるとか。いや、空が飛《と》べるようになるかもしれない)

その力ほしさにマサカズくんは一人で三丁目《ちょうめ》にむかった。

ブラブラと歩いていたら、後ろからものすごい足音が聞こえた。

ふり返《かえ》ると、髪《かみ》をふり乱《みだ》したおばあさんがこちらに走ってくる。

「うわっ、ほんとうに出た‼」

マサカズくんは必死《ひっし》に走って逃《に》げた。

鬼婆《おにばば》は三丁目《ちょうめ》から出られないにちがいない。

必死《ひっし》に走って四丁目《ちょうめ》にはいったところで、鬼婆《おにばば》をふり切った。

「やった。これでぼくはものすごい力を手にいれられるぞ」

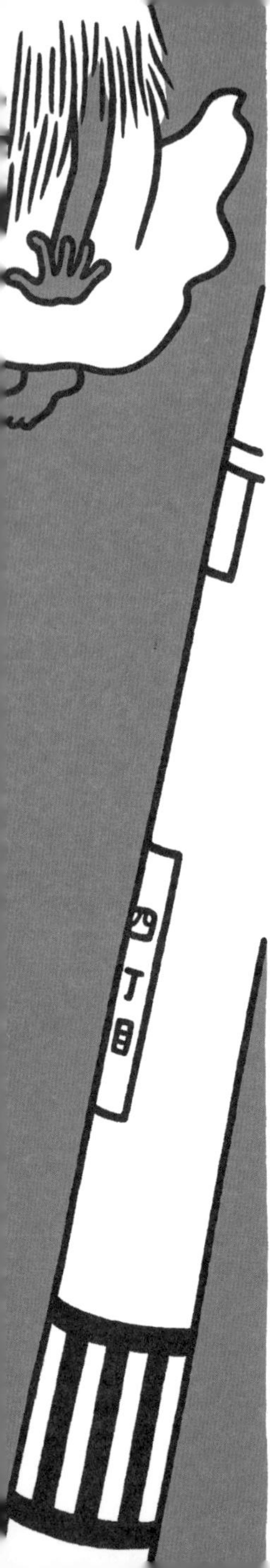

つぎの日の朝、ごはんを食べようと思っておはしを持《も》つと、バキッと折《お》れてしまった。歯《は》ブラシも折《お》れてしまった。友だちの背中《せなか》をたたいたら大ケガをさせてしまった。

(まさかものすごい力って、ただの怪力《かいりき》なの？　こんなのいらないよ)

マサカズくんは後悔《こうかい》したけど、あとの祭《まつ》り。

ボタンを強く押《お》してください

ボタン。

服《ふく》についているほうのじゃなくて、機械《きかい》についているほうのヤツ。

オモチャとか、パパのパソコンとか、エレベーターとか。

ボタンを見ていると、とにかく押《お》してみたい気《き》持《も》ちでいっぱいになる。

エレベーターはボタンがたくさんあるので、手がとどくボタンはぜんぶ押《お》したくなるし、家のドアについてるよび鈴《りん》のボタンも押《お》さずにはいられない。

カチっと押《お》しこまれる、あの感《かん》じ。あれがたまらなく好《す》きだ。

「勝手《かって》に押《お》しちゃダメ！」

「さわっちゃダメ！」

目についたボタンをかたっぱしから押《お》してしまうので、ママにはしかられてばかりだけど、これぱっかりはガマンできない。

ボタンを押《お》すと何かが起《お》こる。機械《きかい》が動《うご》きだしたり、それまで動《うご》いていたものがピタリと止まったりする。それがとにかく楽しいのだ。

でも、なかなか押《お》すチャンスがないボタンが三つある。

一つは火災報知器《かさいほうちき》の非常《ひじょう》ボタン。

これは、火事《かじ》のときに押《お》すヤツだ。押《お》すとベルが鳴るらしい。

もう一つはエレベーターの非常《ひじょう》ボタン。

エレベーターの階数《かいすう》ボタンのところにある、小さな黄色いボタンだ。これを押《お》すとどうなるのか、一度《いちど》でいいから押《お》してみたい。

最後《さいご》の一つはふみ切りの非常《ひじょう》ボタン。

もちろん、どれも遊《あそ》び半分で押《お》しちゃいけないのはわかってる。わかってるんだけど、ダメといわれると押《お》してみたくなる。

だから、「どうどうとボタンを押《お》せるチャンスこないかなあ」って思ってた。

学校の火災報知器《かさいほうちき》のボタンは、押《お》したらすぐに先生に見つかるだろう。

学校中にベルが鳴りわたって消防車《しょうぼうしゃ》も集《あつ》まってくるにちがいない。

そうなったら、すごくおこられてママが学校によばれてしまうかもしれない。

うーん。押《お》してみたいけど、これはダメだ。割《わり》に合わない。

エレベーターのボタンはどうだろう。

押《お》したらどうなるのかな。

ぼくはガマンできなくなって、駅《えき》のエレベーターに乗《の》ってみた。
人がいないときを見はからって、あの小さなボタンを押《お》してみる。
――カチッ。
ゴウン、という音を立てて、エレベーターがとまった。
あれっ？　それだけ？

がっかりしていると、非常《ひじょう》用のインターホンから駅員《えきいん》さんの声が聞こえた。

「どうしました⁉」

「あっ、ええと、くつヒモがドアにはさまってしまって」

「それはたいへんだ！」

「だいじょうぶです。もう取《と》れました」

あわてていいわけしたんだけど、駅員《えきいん》さんは「ケガがなくてよかったね」と安心《あんしん》した様子《ようす》で、それ以上《いじょう》、何もいわれなかった。

……バレなかった。押《お》す理由《りゆう》がちゃんとあればおこられないんだな。

駅《えき》からの帰り道、いつも通るふみ切りにさしかかった。

遮断機《しゃだんき》は下りているけど、電車はなかなかこない。ここはなかなか開《あ》かない〈開《あ》かずのふみ切り〉だから、こうなるとすぐにはわたれない。

そういえば、ふみ切りの非常《ひじょう》ボタンはどうかな。

あれだって押《お》す理由《りゆう》があればおこられないんじゃないか？

ふみ切りの非常事態《ひじょうじたい》っていったら……なんだろう。

たとえば、自動車《じどうしゃ》や自転車《じてんしゃ》がわたり切れなくて、ふみ切りの中に取《と》り残《のこ》されてしまったとき。あとは、人がふみ切りの中にはいったときかな。

ふみ切りが閉《し》まりかけてるのにわざわざ走ってつっきる大人《おとな》がいっぱいいるけど、あれはあぶない。おじいさんやおばあさんが、ふみ切りをわたりきれないのなんかもあぶない。

そういうあぶないときは、非常事態《ひじょうじたい》だからボタンを押《お》していい。

そのとき、ぼくはこんなことを考えてしまった。

――だれか、あぶないことしてくれないかな。
そうすれば、ボタンを押《お》せるのに。
それとも、ボタンを押《お》してしまってから「あぶないところだったんです。
さっきまで人がいたんです」ってウソをつけばだいじょうぶかな。
ぼくはだんだんガマンできなくなってきた。
『ねえキミ。そんなに押《お》してみたいの？』
耳もとでだれかの声が聞こえた。
えっ。だれ？
ふりむこうとしたとき、だれかがぼくの背中《せなか》をつき飛《と》ばした。
ぼくの体はふみ切りのバーを飛《と》び越《こ》えて、ふみ切りの内側《うちがわ》に転《ころ》げ落《お》ちた。
カンカンカンカン……。

非常ボタン

警報器《けいほうき》が鳴りひびく。

だれかがふみ切りの非常《ひじょう》ボタンを押《お》しているのが見えた。

だれだアイツ！　なんだアイツ！

そいつは、ぼくがこんな目にあっているのに満面《まんめん》の笑《え》みをうかべている。

ぼくをつき飛《と》ばしたのは、アイツなのか！

ぼくはそいつをにらみつけた。

でも——うれしそうに非常《ひじょう》ボタンを押《お》していたのは、ぼくだった。

ぼくそっくりの……いや、ぼくじゃないけどぼくだった。

パアアアアアン……！　キキキキキキキキキキキキ！

電車の警笛《けいてき》とブレーキのかかった車輪《しゃりん》がレールの上をすべる音が、どんどんぼくに近づいてきた。

四年生の怪《かい》談《だん》◆のろいのローマ字

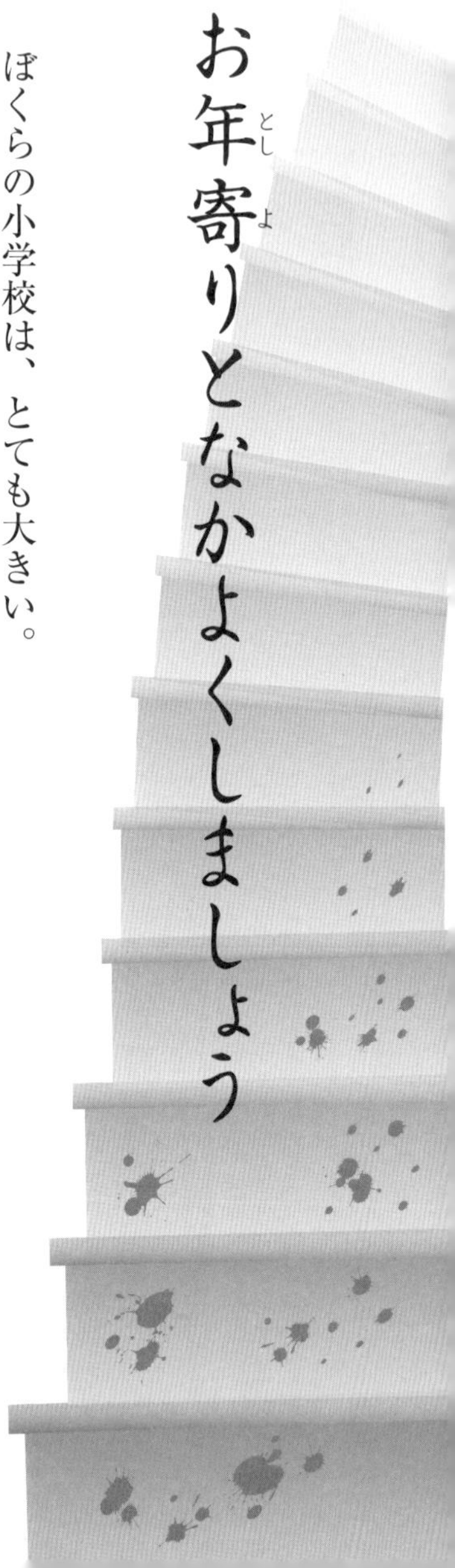

お年《とし》寄《よ》りとなかよくしましょう

ぼくらの小学校は、とても大きい。

校舎《こうしゃ》は四階建《かいだ》てで、一学年あたり教室は十クラス分くらいあるし、体育館《たいいくかん》は二千人ならよゆうではいれそう。校庭《こうてい》もものすごく広い。

だけど、児童《じどう》は少ない。一学年に二学級《がっきゅう》くらいしかないし、体育館《たいいくかん》や校庭《こうてい》は広すぎて、サッカーや野球《やきゅう》をするたびにこぼれ球《だま》を拾《ひろ》いにいくのがたいへんなくらいだ。

「むかしは校舎《こうしゃ》がぜんぶ子どもでうまるくらい、いっぱいいたんだよ。うん、少子化《しょうしか》ってヤツだな」

と、先生はいう。そういえば、去年《きょねん》までの六年生は三学級《がっきゅう》あったけど、今年の一年生はとうとう一学級《がっきゅう》しかなくなった。

だから、空き教室がたくさんあまっている。

このまま小学校なくなっちゃうのかなあと思っていたんだけど、最近《さいきん》はお年寄《としよ》りが校舎《こうしゃ》の中をうろうろするようになった。

月曜の朝礼《ちょうれい》で、校長先生が全校児童《じどう》にいった。

「えー、わが校では、あまっている教室を地域《ちいき》に開放《かいほう》することになりました。地元のお年寄《としよ》りのかたがたのさまざまな活動《かつどう》のため、教室を活用《かつよう》していただく、という試《こころ》みです。ひいては、わが校の児童《じどう》のみなさんと、みなさんのおじいさん、おばあさんのあいだで交流《こうりゅう》を深《ふか》めていただきたい、と思います。みなさん、お年寄《としよ》りとなかよくしましょう」

校長先生の話はむずかしくてよくわからないけど、みんなに合わせて「はーい」と返事《へんじ》をした。

それから、校舎《こうしゃ》の中におじいさんやおばあさんがやってくるようになった。

タタミじきの茶道室《さどうしつ》でお茶をいれたり、お花を生けたりしていた。

わたりろう下のベンチで新聞を読んだりしていた。

校庭《こうてい》の花だんに花を植《う》えたりしていた。

校長室で、校長先生と将棋《しょうぎ》をさしたりしていた。

休み時間になると、おばあちゃんたちがぼくらを手まねきしてお菓子《かし》をくれたりしていた。

「ほかの子にはないしょだよ」


カズマがぼやいた。

「なんかさー、小学校っていうより老人《ろうじん》ホームみたいだよな」

「でもいいじゃん。お菓子《かし》くれるしさ。地域《ちいき》との交流《こうりゅう》は大事《だいじ》だって、先生もいってた」

「でもさあ、ここんところ、おじいちゃんおばあちゃんたちの人数、どんどん多くなってないか？」

「え？　そうかな？」

いわれてみれば、そんな気もする。

空いている教室は、どこもおじいちゃんやおばあちゃんで大にぎわいになっている。

カズマは首をひねった。

「うちの町内って、こんなにたくさん年寄《としよ》りいたっけ？」

いわれてみれば、そんな気がしてきた。

トイレに行った帰り、女子トイレから出てきたおばあちゃんとぶつかった。

「あらあら、ごめんなさいね。気をつけてね」

それは、二年前に亡《な》くなったぼくんちのおばあちゃんだった。

「あっ……」

ぼくは言葉《ことば》が出てこなかったんだけど、おばあちゃんはすぐにぼくに気づいて、小声でいった。

「ほかの子にはないしょだよ」

ニッコリ笑《わら》って、それからうっすらと透明《とうめい》になって消《き》えていった。

きょうもぼくらの小学校には、地元のお年寄《としよ》りがいっぱいやってくる。

たぶん、このうちの何人かは幽霊《ゆうれい》。

うちの亡《な》くなったおばあちゃんも、ときどきあらわれる。

亡《な》くなったおじいちゃん、おばあちゃんの幽霊《ゆうれい》は小学校にやってきて、生きていたころの友だちに「あの世《よ》も悪《わる》くないわよ」とささそう。

そして、町内でたまにお年寄《としよ》りのお葬式《そうしき》が出る。

亡《な》くなったはずのお年寄《としよ》りは、一週間ほどするとまた小学校にあらわれる。

幽霊《ゆうれい》になって。

——ああ、友引《ともび》きってこういうことか。

お年寄《としよ》りたちはみんな楽しそうなので、だまっておくことにした。

ろろるう　ろろるう

朝起《お》きると、とてもキレイな声が聞こえた。
「わたしはろろるう　ろろるう」
高くすんだ女性《じょせい》の声。
歌うようなリズム。
外はよく晴れて青空がすがすがしい。
ぼくはとてもいい気分になって、「きょうはいい日になりそうだ」と思った。

ところが学校に行ってみると、よくないことがたくさん起《お》きた。

給食《きゅうしょく》のスープでやけどをしてしまったり、上ばきが片方《かたほう》だけ焼《や》けこげていたり、せっかく取《と》った百点の答案用紙《とうあんようし》が灰《はい》になってしまったり。

そのことを六年生のお姉ちゃんに話したら、みるみる顔が青くなった。

「いつ聞こえたの？『ろろるう』って？」

朝起《お》きてすぐ、とこたえると、

「お母さぁぁん、たいへんだよー」

といいながら台所《だいどころ》へ走っていった。

お母さんがいうには、「ろろるう」ではなくて、「ロロ儿う」なのだという。
「ロロ儿う」は、おそろしい呪文《じゅもん》だ。
「呪《のろ》う」の字をくずして「ロロ儿　う」
「ル」ではなくて、「儿」と書く。
漢字《かんじ》が読めない小学生のところに行って、キレイな女の声で歌うのだ。
お姉ちゃんの友だちが一人、この「ロロ儿う」にのろわれている。
その子の家は、謎《なぞ》の病気《びょうき》で家族《かぞく》全員《ぜんいん》死《し》んでしまった。
ぼくは、「ル」と「儿」がちがう文字だと気がついたから助《たす》かった。
でも、それに気がついていなければ――。

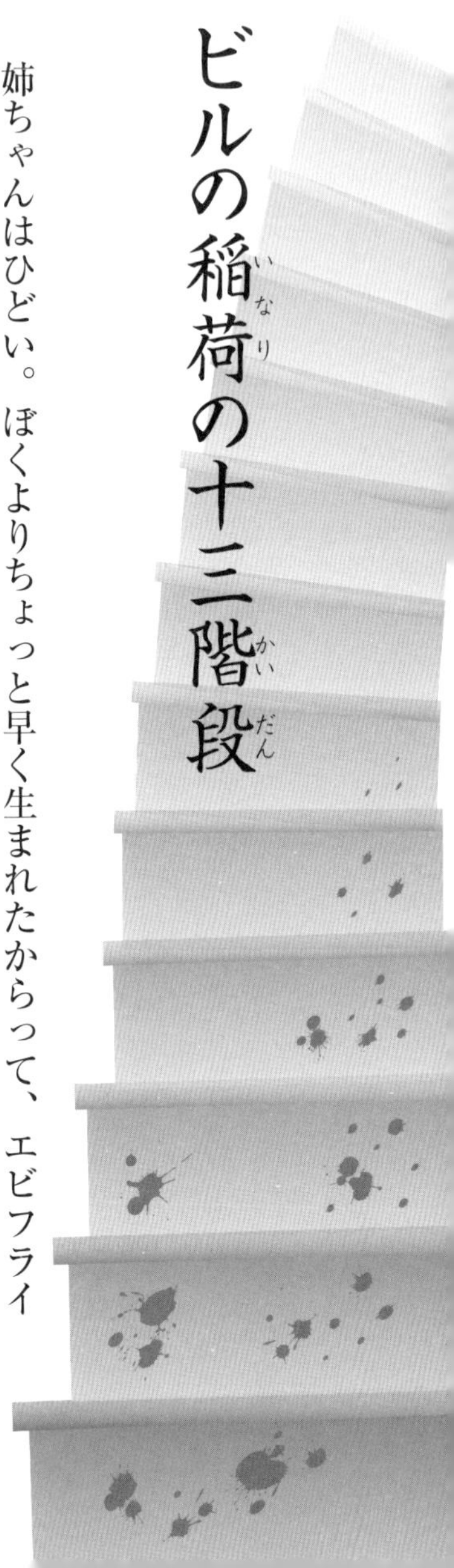

ビルの稲荷《いなり》の十三階《かい》段《だん》

姉ちゃんはひどい。ぼくよりちょっと早く生まれたからって、エビフライを一つ多く食べるし、ぼくのおやつを勝手《かって》に食べる。

ぼくは本気でおこっている。

きょうというきょうこそは絶対《ぜったい》にゆるさない。

だから、ぼくはきょうこそ決行《けっこう》しよう、と心に決《き》めて家を出た。

家からちょっと離《はな》れた住宅街《じゅうたくがい》の中に、小さなお稲荷《いなり》さんがあった。

こんな町なかにこんな稲荷神社《いなりじんじゃ》があるなんて、ぼくは今までずっと知らなかったんだけど、「願《ねが》いが絶対《ぜったい》にかなう」とか「のろいが絶対《ぜったい》に果《は》たせる」っていうウワサがあるらしい。

「探《さが》しても見つけられないんだ。でも、ほんとうにかなえたい願《ねが》いや、果《は》たしたいのろいがある人なら見つけることができるんだって」

そう聞いて、本気出して歩き始《はじ》めたらすぐに見つかった。

三階建《がいだ》てくらいの小さなビルとビルのあいだに、子どもが一人やっと通れるくらいのすき間があった。

そのすき間のいり口のところに、細長い鳥居《とりい》がある。

ふつうの鳥居《とりい》の半分もない。

そこをくぐると、すぐに階段《かいだん》になっていた。

ぼくは、この日のために用意《ようい》した小さなワラ人形をにぎりしめて、ビルとビルのあいだの非常階段《ひじょうかいだん》みたいな階段《かいだん》を上り始《はじ》めた。

神社《じんじゃ》はこの階段《かいだん》の先、ビルの上にあるらしい。ビルは大した高さじゃなかったから、すぐに屋上《おくじょう》にたどりつけるだろう。

そう思って上っていくんだけど、ぜんぜん屋上《おくじょう》に着《つ》かない。

見上げると階段《かいだん》を上り切ったところに鳥居《とりい》とお社《やしろ》があるのは見える。

すぐにたどりつけそうなのに、鳥居《とりい》とお社《やしろ》は近づいてこない。

後ろをふりむくと、さっきはいってきたいり口の鳥居《とりい》が間近に見える。

試《ため》しに下りてみると、たった十三段《だん》でもとのいり口に戻《もど》った。

おかしい。

もう一度《いちど》上り始《はじ》める。

タンタンタンタンタンタン……。

階段《かいだん》を数えながらふんでいく。

一、二、三、四……。
十二、十三、十四、十五、十六……。
百をすぎたあたりから数えるのをやめて、ただひたすら上り続《つづ》ける。
でも、鳥居《とりい》とお社《やしろ》は近づいてこない。
あきらめて下ってみると、やっぱりいり口までは十三段《だん》で戻《もど》れる。
「どうなってるんだ！」
汗《あせ》だくになってさけぶと、鳥居《とりい》の上から声が聞こえた。
『やめなよ。のろいなんてつまらないよ』
ぼくはムキになって、もう一度《いちど》階段《かいだん》を上り始《はじ》めた。
やはり、十三段目《だんめ》のあたりから先に進《すす》めなくなった。上っても上っても近づけない。

『ね？　のろいなんかやめなよ』

ぼくはとうとう根負《こんま》けして、にぎりしめて汗《あせ》でびしょびしょになっていたワラ人形を階段《かいだん》から投《な》げ捨《す》てた。

「……わかった。わかったよ！　もうのろいはやめだ！」

そのとたん、階段《かいだん》の上の鳥居《とりい》が大きくなった。いや、近づいたのだ。十三段目《だんめ》から、十歩も歩かないうちにぼくは屋上《おくじょう》の鳥居《とりい》にたどりついた。

境内《けいだい》はキレイにはき清《きよ》められていて、ビルの屋上《おくじょう》とは思えない。

屋上《おくじょう》の境内《けいだい》からは、ぼくの住《す》んでいる町の景色《けしき》が遠くまで見わたせた。

くたくただったけど屋上《おくじょう》の風は心地よくて、姉ちゃんをのろいたい気持《きも》ちはどこかに消《き》えてしまっていた。

最後《さいご》に「姉ちゃんがもう少しやさしくなってくれますように」とお社《やしろ》にお

願《ねが》いをすると、もう一度《いちど》、今度《こんど》は社《やしろ》の奥《おく》のほうから声が聞こえた。
『それがいいよ。それなら聞きとどけるよ』
参道《さんどう》の階段《かいだん》を数えながら下りてみると、たったの二十段《だん》しかない。
「あれえ?」
お社《やしろ》があったのは三階建《がいだ》てのビルの屋上《おくじょう》だ。もっと長い階段《かいだん》だったはず。
そう思ってふりむくと、屋上《おくじょう》のお社《やしろ》に続《つづ》く階段《かいだん》はどこにもなかった。

ステージの下

ぼくの学校の体育館《たいいくかん》にあるステージの下には、大きな引き出しがある。引き出しを開《あ》けると、中にはたくさんのパイプいすがはいっている……はずなんだけど。

「なんだこりゃ？」

ぼくが引き出しを開《あ》けると、中には小さなちゃぶ台が一つ。

そして、ちゃぶ台のまわりには小さなおじさんが三人すわっていた。

おじさんたちは小さなガラスのコップで何かを飲《の》んで、おしゃべりをしている。おしゃべりに夢《む》中《ちゅう》で、自分たちが見つかっていることに気がついていないようだ。
「……あ、あの」
ぼくが声をかけると、三人のおじさんは
お話をぴたっとやめて、ぼくを見た。
「パイプいす、使《つか》いたいんですけど。これ
からミニバスケの練習試合《れんしゅうじあい》があって……」
『たーーー！　見つかったーーー！』
三人のおじさんたちはぼくにおどろいて引き出しから飛《と》び出すと、キャア
キャアいいながらどこかに走り去《さ》っていった。
「……行っちゃった……なんなんだ、ありゃ？」
もう一度《いちど》引き出しを見ると、そこにはパイプいすがちゃんとはいっていた。

赤いの

これ、なんだろう。真《ま》っ赤《か》なはだしの足あとが点々《てんてん》とろう下に続《つづ》いている。

みんなは無視《むし》。あれ。ほかの人には見えないのかな。

足あと、足あと、足あと、足あと。追《お》いかけていくと、その足あとはわたしたちの教室のドアの前で九十度《ど》折《お》れ曲《ま》がり、教室の中へと続《つづ》いていた。

わたしも続《つづ》いて教室にはいる。キョロキョロとまわりを見回す。

ぎょっとした。教室のすみっこに真《ま》っ赤《か》で棒《ぼう》のような人が立っていた。肩《かた》で天井《てんじょう》をささえるほどに背《せ》が高く、目だけをギョロギョロ動《うご》かしている。

あれがきてから大ケガをした生徒《せいと》が四人。見つめられるとダメみたい。

地下職員室《しょくいんしつ》

「ねえねえ、地下職員室《しょくいんしつ》って知ってる？」

「なんだそりゃ？」

「なんかねぇ、この学校に地下があって、そこにへんな先生がいっぱいいるんだって！」

「へんな……先生？　へんなの！　それ、だれから聞いたの？」

「見たことないくらいに体が大きな先生だよ～」

「やれやれ。アキコちゃん、ぼくらはもう四年生だよ。子どもじゃないんだからウソのお話はやめようよ……」

はじめて〈地下職員室《しょくいんしつ》〉の話を聞いたとき、ぼくはあきれて笑《わら》っていた。

でもおかしいんだ。

アキコちゃんだけじゃなく、ミノルくんも、サトコちゃんも、ユウリちゃんもぼくに〈地下職員室《しょくいんしつ》〉の話をしてきたんだ。

「その話は、だれから聞いたの？」

「顔にいっぱい目がついている先生」

「空を飛《と》ぶ先生」

「毛むくじゃらの先生」

「首が長い先生……」

どうやら、ときどき地下から先生たちが上がってきているらしい。

ウソみたいな話に思えたけど、ぼくはついに見つけたんだ。

いり口。
〈地下職員室《しょくいんしつ》〉のいり口を。
キミも見つけてごらん。
学校のどこかに、絶対《ぜったい》にあるからさ……。

どの教室の黒板《こくばん》の裏《うら》にも、
血《ち》で書かれたおふだがびっしりはってある。

公園を利用《りよう》するみなさまへ

ぼくの家の真《ま》ん前《まえ》に、児童《じどう》公園がある。
いり口にはいろいろ注意《ちゅうい》書きがある。

・公園で花火をしてはいけません。
・公園でキャッチボール、野球《やきゅう》をしてはいけません。
・公園でサッカーをしてはいけません。
・公園でドッジボールをしてはいけません。
・公園でスケートボードをしてはいけません。
・公園でローラースケートをしてはいけません。

・公園を自転車《じてんしゃ》で走ってはいけません。
・公園で大きな声を出してはいけません。
・公園は夜間は閉門《へいもん》しますので立ちいりできません。
・公園のトイレは故障《こしょう》しているので使《つか》ってはいけません。
・公園のブランコ、すべり台は、事故防止《じこぼうし》のため撤去《てっきょ》されました。
・公園に児童《じどう》が立ちいらないよう、注意《ちゅうい》してください。
・公園のルールをやぶると、天罰《てんばつ》が下ります。

……うんざりするほどたくさん書かれていて、読むのがいやになる。

けっきょく、子どもの安全《あんぜん》のため児童《じどう》公園のいり口は門《もん》でふさがれ、だれも出はいりできないようになった。

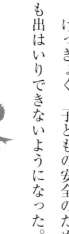

公園ではなくて、ただの平《ひら》たい空き地だ。

だれもいない空っぽの土地に、公園という名前がついているだけの場所《ばしょ》だ。

公園で楽しそうに遊《あそ》んでいる人影《ひとかげ》を見かけることがある。

禁止《きんし》されているキャッチボールや野球《やきゅう》をしていて、サッカーをしていて、ドッジボールをしていて、スケートボードやローラースケートや自転車《じてんしゃ》で走り回っている。

もう取《と》りこわされたはずのブランコやすべり台で遊《あそ》んでいる。

この近所《きんじょ》の子じゃないみたいで、知らない子ばかりだ。

「いいなあ。楽しそうだなあ」

うらやましくなってそうつぶやくと、公園の中の子たちがぼくに気づいた。

そして、手まねきしていう。

『おいでよ』

え、でも。そこで遊《あそ》んじゃいけないっていわれてるし。

『遊《あそ》ぼうよ』

天罰《てんばつ》が下るっていわれてるし。

『だいじょうぶだよ。少しぐらい平気《へいき》だよ』

……そっか。少しならいいか。

ぼくはまねかれるまま、公園の中にもぐりこんだ。

それから、キャッチボールをしてドッジボールをして……夢中《むちゅう》になって遊《あそ》んだ。日が暮《く》れても遊《あそ》んだ。ぜんぜんおなかがへらなくて、楽しくて楽しくてしかたがなかった。

公園で遊《あそ》んでいる子たち全員《ぜんいん》と友だちになった。

友だちはみんななかよくて、だれも公園から帰らなかった。

だれの家のパパもママもよびにこない。

晩《ばん》ごはんができたよ、お風呂《ふろ》わいたよ、遊《あそ》んでばかりいないで宿題《しゅくだい》やりなさい――だれもそんなことといってこない。

ぼくの家からもだれもよびにこない。

だから時間もわすれてぼくは遊《あそ》んだ。

雨がふってきた。カミナリがゴロゴロと鳴り始《はじ》めた。

それでもぼくらは遊《あそ》んだ。

遊《あそ》び続《つづ》けた。


それからどのくらいたっただろう。公園の外に人だかりができてる。

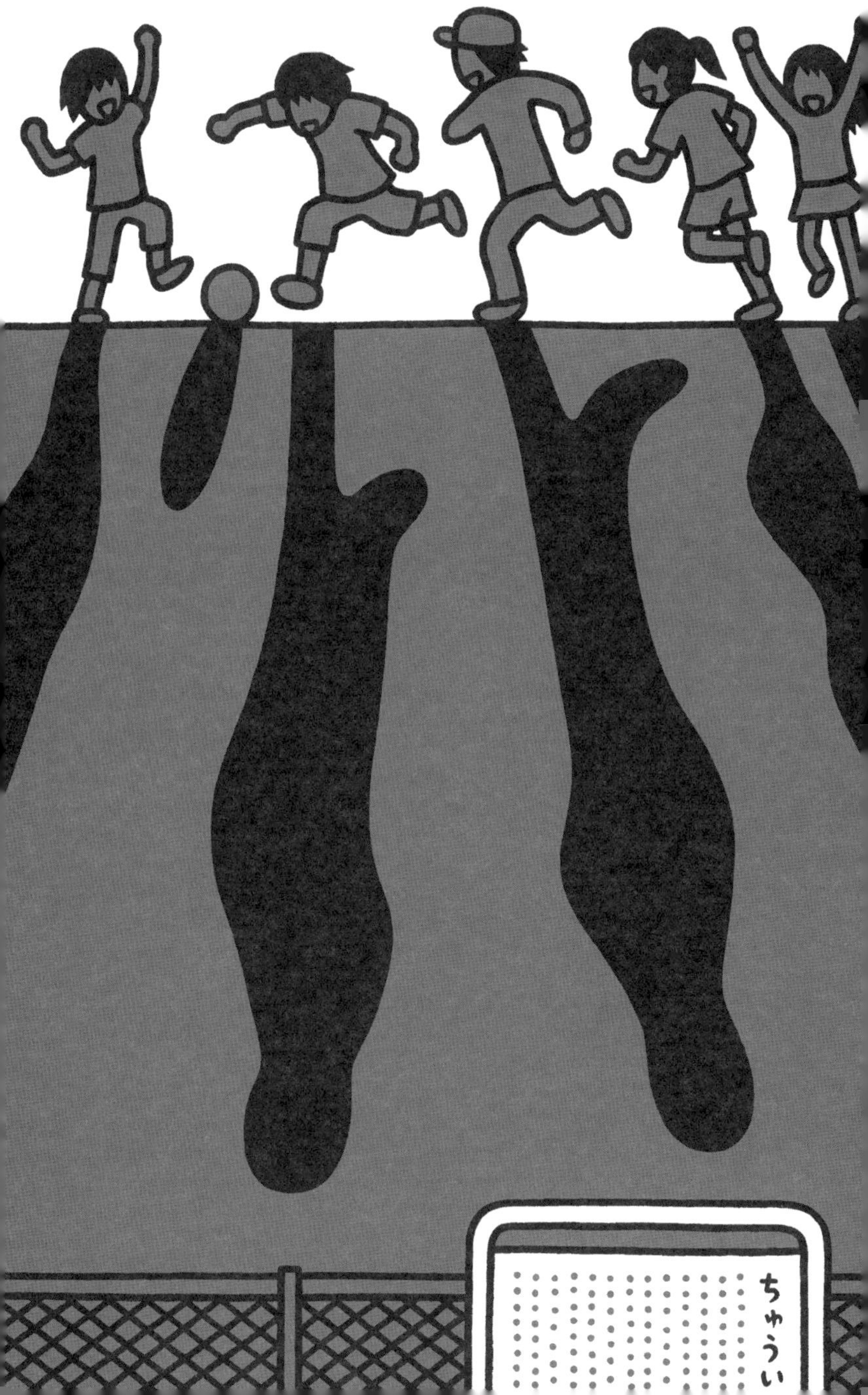
ちゅうい

救急車《きゅうきゅうしゃ》がきた。
子どもがたおれてる、って。
カミナリに打《う》たれたんだろう、って。
天罰《てんばつ》が下ったんだろう、って。
かわいそうに、どこの子だろう。
ぼくのママが泣《な》いてる。
たおれてるのは――たおれているのはぼくだ。

でもぼくは大きな声で笑《わら》いながら、〈公園の友だち〉と遊《あそ》び続《つづ》けた。
今は、新しい友だちがふえるのを楽しみにしている。

五年生の怪談《かいだん》◆あやしいクラブ活動《かつどう》

ぼくは

五年生になったとき、考えたことがある。

（もう五年生だし、〈ぼく〉っていいかたも変《か》えたいな）

クラスメートの男子はぼくが〈ぼく〉っていうと、上品《じょうひん》だねぇなんて笑《わら》う。それはあまりよい意味《いみ》ではなさそうだ。軟弱《なんじゃく》だとか、ナヨナヨしてるってことだろう。

男子のほとんどは自分のことを〈おれ〉っていうんだ。

だから、つぎの日からぼくも自分を〈おれ〉ということにした。

でも、みんなへんな顔をする。

「なんかさー、急《きゅう》に〈おれ〉っていうのへんだよ」

「おかしい感《かん》じ。ムズムズする」

しかたなく〈ぼく〉に戻《もど》すと、今度《こんど》はまた笑《わら》われる。

「〈ぼく〉ってなんかさー、男らしくないよね」

「うん。やっぱり、〈ぼく〉はちょっとなー」

ぼくが〈ぼく〉といったら笑《わら》われたから、ぼくは、〈おれ〉に変《か》えた。それなのにそれもダメといって、ぼくが〈ぼく〉に戻《もど》せば、男らしくないという。

どいつもこいつも、みんな勝手《かって》なことばかりいって！

「じゃあ、ぼくは〈おれ〉もダメで、〈ぼく〉もダメで、ならぼくは〈ぼく〉のことをどうよべばいいんだよっ！」

ぼくは大きな声を上げた。

……ところまではおぼえている。

そのあと、いつの間にかぼくは家に帰っていた。

横《よこ》では心配《しんぱい》そうな顔でお母さんがぼくを見ている。

「あれ？　ぼく、どうしたの？」

「ああ、よかった！　気がついたのね！」

どうもおかしなことがあったみたいだ。


つぎの日、クラスでなかのいいサトルから話を聞いた。

「おまえさー、とつぜんおこったかと思ったら、急《きゅう》におかしくなったんだよ」

白目をむいたまま、いろいろなことをしゃべり始《はじ》めたらしい。

『ぼくは、苦《くる》しい』

『おれは、きつい』

『あたしは、死《し》にそう』

『わたしは、つぶれそう』

『ユイコはね、もういいの』

『レナはぁ、お母さんに会いたい……』

それぞれ別人《べつじん》が話しているような声だった。それもずっと下の学年の子たちがバラバラにしゃべっているような感《かん》じだったという。

「九人分くらいいいたような気がする。言葉《ことば》が変《か》わるたびにぜんぶ別人《べつじん》になるんだ」

声が変《か》わるたびに顔つきもかんぺきに、別人《べつじん》に変化《へんか》していったらしい。白目をむいていたからよけいに気持《きも》ち悪《わる》かったようだ。

「それでさー、そのあとが、おまえたいへんだったんだぜ」

急《きゅう》にぴたりとしゃべるのをやめて、窓《まど》から飛《と》び出そうとしたのでみんなで引っぱって止めたのだと、サトルはまじめな顔でいった。

五年生の教室は三階《がい》にある。

そして飛《と》びおりようとしていた窓《まど》は中庭《なかにわ》にむいていて、下はコンクリートやかたい土しかない。落《お》ちれば大ケガか死《し》ぬかもしれない場所《ばしょ》だった。

それから、ぼくはずっと自分のことを〈ぼく〉とよんでいる。

人は人。自分は自分。

つまらないことにこだわって、別《べつ》のだれかに体をのっとられるようなことが、二《に》度《ど》とないように……。

真夜中《まよなか》に、コンセントをぬいたままでテレビのスイッチをいれると、
三年前に死《し》んだおじいちゃんが話しかけてくる。

遠足

遠足の日。ぼくら四人は自由時間《じゆう》を使《つか》って、森のずっと奥《おく》にはいっていった。

すると、一本の大きな木の下にスコップを持《も》って、穴《あな》をほる男の子に出会った。

「ねえねえ、いっしょにここほってくれる?」

ぼくらよりもずっと小さな男の子がぼくらにそう声をかけてきた。

男の子はどこから持《も》ってきたのか、ぼくらの分のスコップを手わたした。

「ああ、いいよ。ほると何かあるのかな?」

みんなでほり進《すす》めると、穴《あな》はどんどん深《ふか》くなった。

「あ!」ぼくらは気がついた。

「深《ふか》くほりすぎた! これじゃあ、ぼくらが穴《あな》から出られないじゃないか!」

気がつくと小さな男の子は、穴《あな》の上からぼくらに土をかぶせてきた。

初《はつ》恋《こい》

二階《かい》の窓《まど》から、顔をのぞかせる女の子。
その子がぼくの初恋《はつこい》の人だ。
はじめて彼女《かのじょ》のすがたを見たのは小学校二年生のときだった。
学校へむかう坂道《さかみち》のとちゅうに彼女《かのじょ》の家はあった。
もとは白かっただろう壁《かべ》は、黒くよごれていた。
一階《かい》の窓《まど》にはだれかが中にはいらないように、板張《いたば》りがなされていた。
玄関《げんかん》のドアにも大きなベニヤ板《いた》がはられてある。
それでも、彼女《かのじょ》は二階《かい》にずっといた。

もうぼくは五年生になる。

彼女《かのじょ》と会っていろいろ話をしてみたい。どんな話をすればいいのか、とても緊張《きんちょう》する。
彼女《かのじょ》は、はじめて見たときと変《か》わらないすがたでそこにいる。
黒い髪《かみ》。
白い肌《はだ》。
口からたれる血《ち》。
あした、板《いた》をこわして彼女《かのじょ》の家にはいろうと思う。

青い目《め》薬《ぐすり》

「シュウちゃん、それ何？」

「目《め》薬《ぐすり》。きょうの朝、道に迷《まよ》っている人がいたから助《たす》けてあげたんだ」

そのお礼《れい》として目《め》薬《ぐすり》をもらったのだという。

「この目《め》薬《ぐすり》おもしろいんだぜ」

シュウジは青い液体《えきたい》のはいった小びんのふたを開《あ》けた。ふわりと何かの花のようないい香《かお》りが鼻《はな》にとどいた。

シュウジはうす青い目《め》薬《ぐすり》を眼《め》にぽたぽたと落《お》とした。

「眼《め》を見てみな。いつもとちがうだろ？」

「青いよ！　すごい！」

ユタカが興奮《こうふん》した声を上げた。シュウジはキレイな青い眼《め》になっていた。見《み》慣《な》れたシュウジとはぜんぜんちがう子どもみたいだ。

「おーい。みんなきてみろよ！　すごいぜ！」

ユタカがクラスのみんなに声をかけた。なんだなんだと集《あつ》まったみんなは、口々《くちぐち》にすごいすごいとシュウジの眼《め》を見て声を上げた。

「使《つか》いたい人使《つか》っていいよ！」

いい気分になったのか、シュウジは目薬《めぐすり》のびんをユタカに手わたした。

目薬《めぐすり》をさすとユタカの眼《め》も青くなった。

青いアジサイの色ににていた。

「これ、つぎの時間に先生びっくりさせるのにいいんじゃない？」

「みんなの眼《め》が青くなってたらすごいよ！」

「いいね！　みんなでぜんぶ使《つか》っちゃっていいよ！」

昼休みが終《お》わるまであと少ししか時間がない。男子も女子もつぎつぎに目薬《めぐすり》をさして、青い眼《め》になった。

授業《じゅぎょう》の始《はじ》まるチャイムが鳴って、先生が教室にはいってきた。

「うわ！　おまえたちどうしたんだ！」

そのひとことに教室は爆笑《ばくしょう》のうずにつつまれた。

でも翌朝《よくあさ》、目がさめるとぼくは眼《め》が見えなくなっていた。眼《め》を開《あ》けても、ただずっと青く見えるだけ。
お母さんの顔もお父さんの顔も、もう二度《にど》と見えなくなってしまった。
たぶんみんなも同じだろう。泣《な》いてももとには戻《もど》らない。

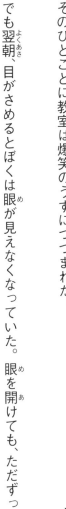

ウソつきはだれだ

「この中にウソつきがいます」

突然《とつぜん》、帰りの会の終《お》わりに、先生がいった。こわい顔をして、教室中をにらむように、ぐるっと見回す。

「もう一度《いちど》いいます。この中に、ウソつきがいます」

先生の顔は、ますますこわくなる。

「ウソつきって、なんのことだろう?」

「さぁ?　ぜんぜんわからないよ」

ぼくもみんなも、いつもとちがう先生の様子《ようす》に、どんどん不安《ふあん》になっていく。どうして先生がそんなことをいいだしたのかわからずに、ざわざわとしてしまう。

「ウソつきはだれですか。ウソつきがだれかわかるまで、きょうは帰れません」

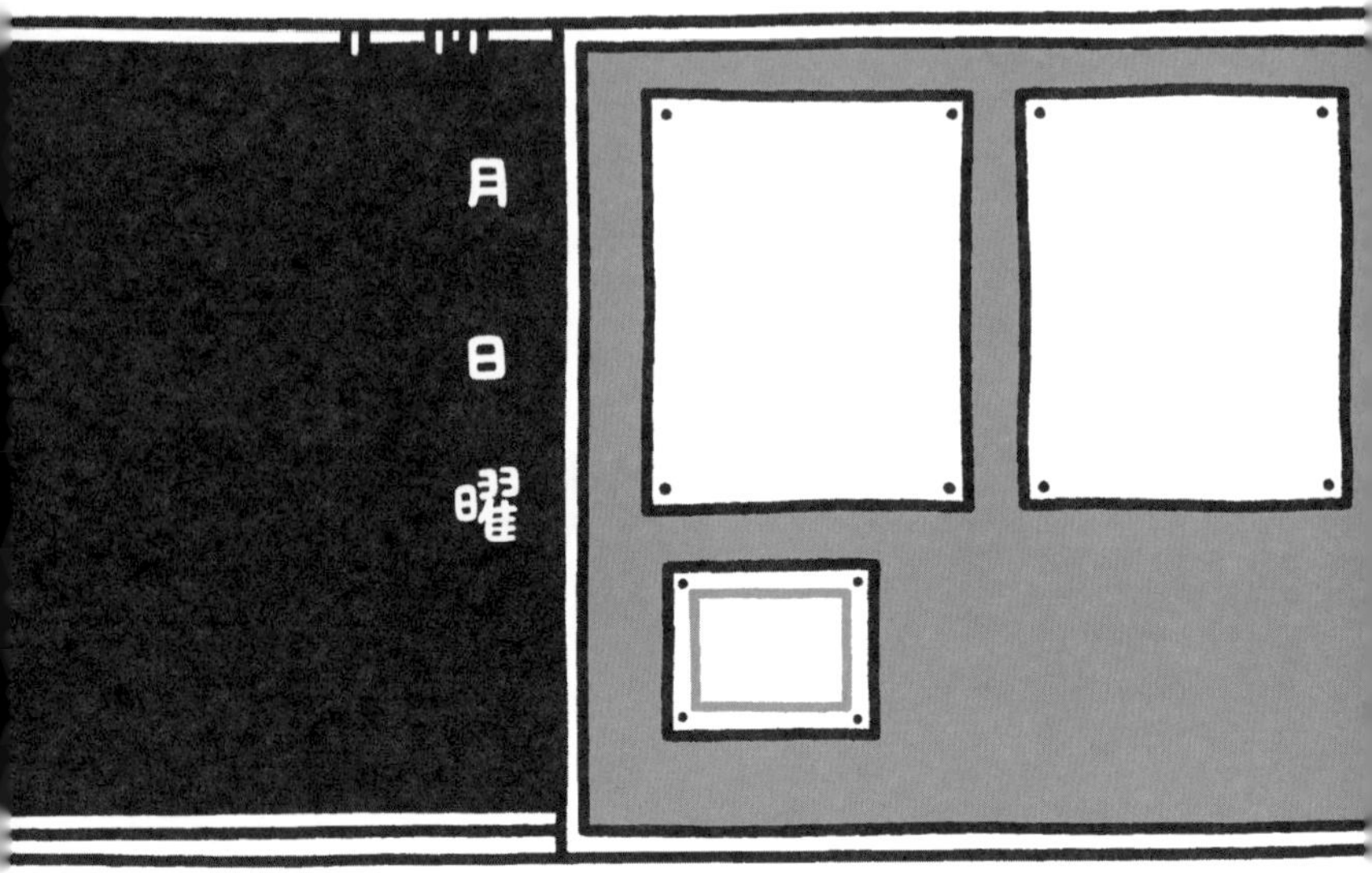

先生は、とんでもないことをいう。

「そんな、きょうはバレエの日なのに」

「ぼくだってスイミングだよ」

「ゲームで対戦《たいせん》だっての。早く帰らなきゃ」

みんな、爆発《ばくはつ》したようにさわぎだす。

先生は腕組《うでぐ》みをしたまま、目をつぶっている。


時間はどんどんたっていく。このままじゃ、ほんとうに帰れないよ。

黒板《こくばん》の上のスピーカーから〈遠き山に日は落《お》ちて〉のメロディが流《なが》れだす。ヤバイ、下校の時刻《じこく》だ。

みんなは、とてもこまった顔をしている。

泣《な》きそうになっている女子もいる。

……よ、ようし！　じゃあ、ぼくが！

「せ、先生。ウソつきはぼくです」

これでみんなが帰れるならと、ぼくは思い切って席《せき》を立った。

「そうか。なるほど、たしかにキミはウソつきだ。——ほかのみんなは帰ってよろしい」

みんなは解放《かいほう》された。泣《な》きそうだった女子が、ぼくにニッコリ笑《わら》ってくれた。いつもいじわるな男子も、帰りながらサンキュっていってくれた。

ぼくは帰っていくみんなを見ながら、ホッとした。ヒーローになった気分。

……で、ぼくはほんとうはウソつきじゃないんだけど、どうしようか。

そう思って先生をふり返《かえ》る。

先生は、さっきよりも、もっとこわい顔をしていた。

「あの、ぼく、実《じつ》はウソつきじゃないんです。その、みんなが帰れないから」

「だから、〈ウソをついた〉んじゃないか。カズマくん、キミはウソつきだ。ウソつきは、暗《くら》やみ学級《がっきゅう》行きだよ」

先生はくちびるをゆがめてそういうと、ぼくの腕《うで》をつかんだ。

「暗《くら》やみ学級《がっきゅう》？　な、なんですか、それ」

そのとき、〈遠き山に日は落《お》ちて〉が終《お》わる。

「下校の時刻《じこく》はもうすぎた。暗《くら》やみ学級《がっきゅう》の始《はじ》まりだ」

先生の言葉《ことば》と同時に、ぼくの目の前は、真《ま》っ暗《くら》になった。

六年生の怪談《かいだん》◆暗《くら》やみの卒業式《そつぎょうしき》

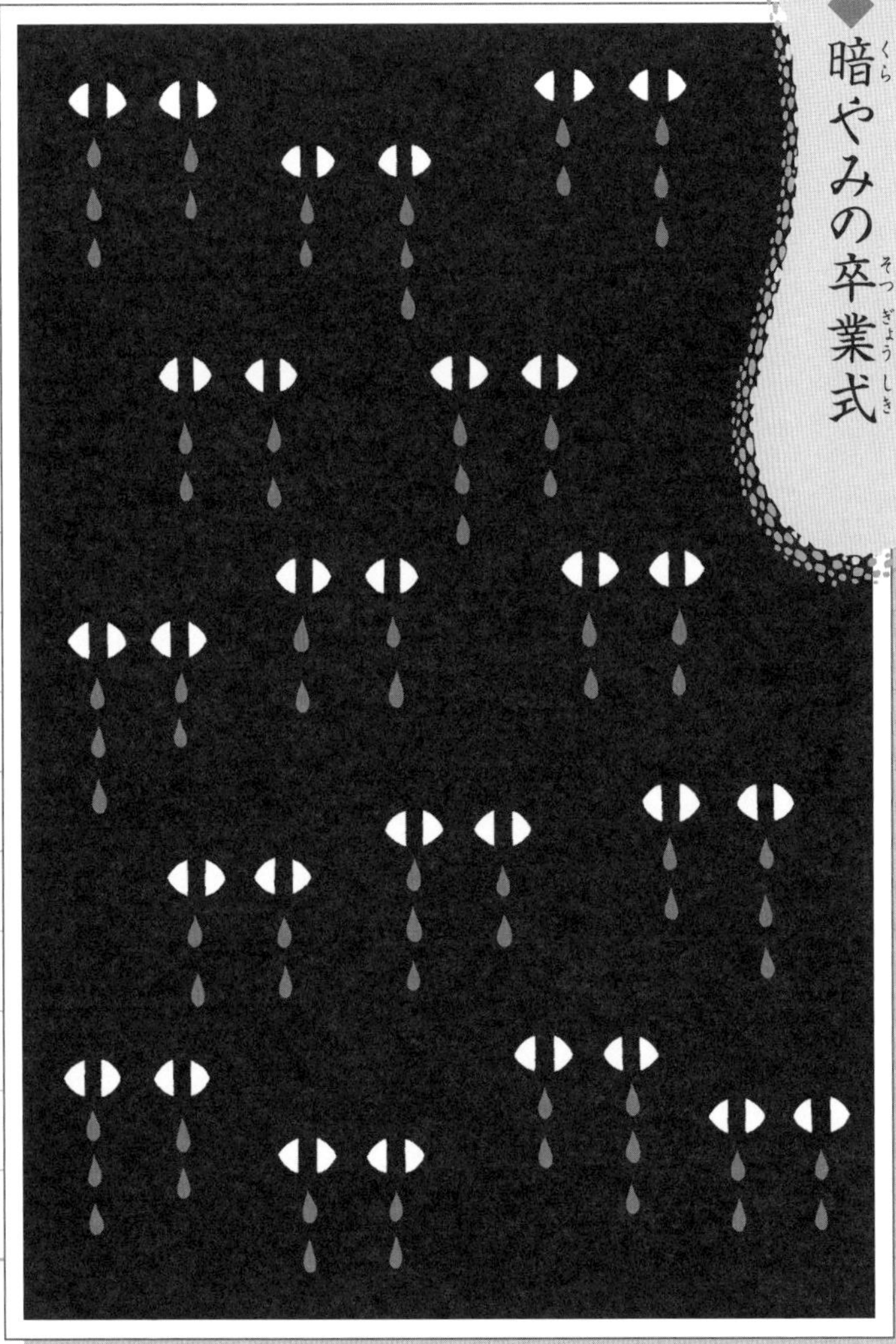

二人選《えら》べ

きょうは家族《かぞく》みんなで旅行《りょこう》なんだ。

飛行機《ひこうき》に乗《の》るのははじめてだから、すごくうれしい。

母さんはキョロキョロキョロまわりを見るなっていうけど、どうしたって見ちゃうよね。

うん？　なんだあれ。飛行機《ひこうき》のつばさに人が立ってる。

すごいスピードで飛《と》んでるのに、よく立ってられるな。

いや、人じゃない。

黒いマントに大きなカマを持《も》ったガイコツなんて、どう考えても死神《しにがみ》じゃないか。

死神《しにがみ》もぼくに気づいたらしい。つばさの上を歩いて近づいてきた。

死神《しにがみ》は窓《まど》ガラスをするりとぬけて、ぼくのとなりに立った。

『ほほう。わたしのすがたが見えるとは不思議《ふしぎ》な子だ。そうだよ、おまえが思うとおり、わたしは死神《しにがみ》だ』

死神《しにがみ》の言葉《ことば》は、ぼくの頭の中に直接《ちょくせつ》ひびいてきた。

ぼくの考えてることもわかるみたいだ。

『おもしろい、どうだわたしとかけをしないか』

かけってなんだよ。っていうか、おまえ死神《しにがみ》だろ、だれを連《つ》れてくつもりだよ。

『まだ決《き》めてない。この飛行機《ひこうき》に乗《の》っている人間の中から二人連《つ》れていく予《よ》定《てい》だ。わたしとかけをしないなら、おまえの父さんと母さんにしようか』

やめてよ。わかったよ、やるよ、やる。

何をすればいいのさ。

『なに、かんたんなことだ。ここに全員分《ぜんいんぶん》のアミダくじがある。どれか二つに丸印《まるじるし》をつけろ。当たった二人を連《つ》れていく』

何十本もならんだ線の下に人の名前が書いてある。

ぼくの名前も父さんと母さんの名前もある。

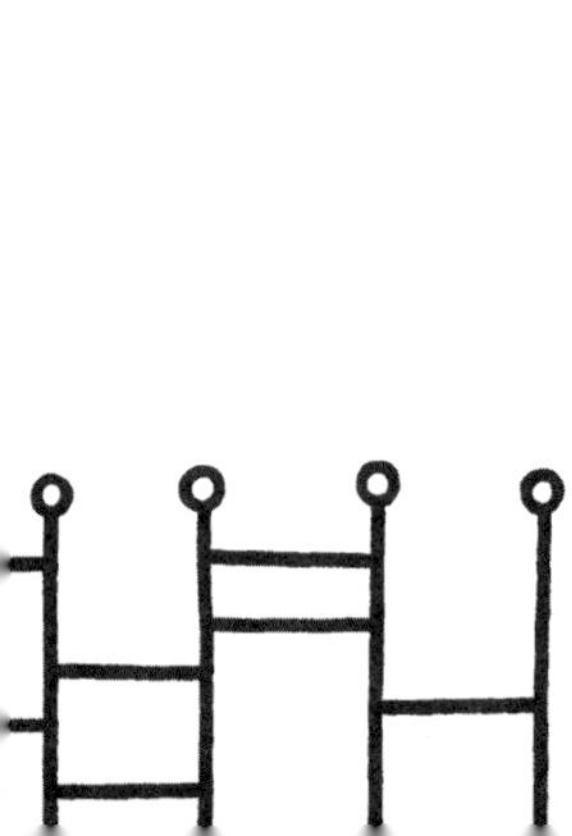

なんだこれ、だったらぜんぜんちがう場所《ばしょ》に丸すればいいじゃないか。

だれだか知らないけど、当たった二人の人、ごめんなさい。

『よーし選《えら》んだな。ほう、おまえの家族《かぞく》は全員無事《ぜんいんぶじ》だ。よかったな。うむ、決定《けってい》した。こいつとこいつか。ではさっそく連《つ》れていくとするか』

死神《しにがみ》はふわりと動《うご》き、前方に動《うご》いていった。

そしてつきあたりのドアをぬけてコックピットにはいった。

ぼくは急《いそ》いで窓《まど》の外を見た。

死神《しにがみ》が二人の男を連《つ》れて空にのぼっていく。

二人はパイロットの制服《せいふく》を着《き》ている。

まさか。ウソだ。そんなバカな。

つぎの瞬間《しゅんかん》、飛行機《ひこうき》が急降下《きゅうこうか》し始《はじ》めた。

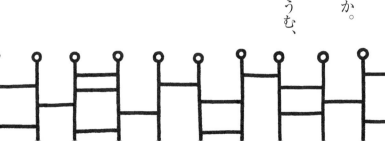

ほんとうにこわいのは

ソレが見えたとき、ぼくはいつも気のせいだと思うことにしていた。
おじいさんともおばあさんともつかないすがた。
骨《ほね》と皮《かわ》ばかりにやせた腕《うで》と足で、おぶさるように人の背中《せなか》にしがみついている。
ソレがおぶさっている人は、みんなどこか具合《ぐあい》が悪《わる》そうだった。
暗《くら》い顔でうつむいて、足を引きずるようにして歩く人たち。
ぼく以外《いがい》には見えていないのだと気づくまでに、それほど時間はかからなかった。

ぼんやりとしたイメージだけど、あれが死神《しにがみ》とよばれるものなのだろうかと感《かん》じていた。

生きている人間にとりついて、あの世《よ》に連《つ》れていこうとする存在《そんざい》なのだと思えばおそろしくて、見なかったことにしてしまいたかった。

けれどこのごろは、少し感《かん》じかたが変《か》わってきた。

この前、ぼくは塾《じゅく》の帰りにバスに乗《の》っていた。

金曜日の夜は、町の中に人があふれている。

みんな楽しそうに笑《わら》い合って、大きな声で話しながら道路《どうろ》を横切《よこぎ》っていく。

そんな人たちの背中《せなか》には、もちろんだれもいない。

そこに救急車《きゅうきゅうしゃ》が、サイレンを鳴らして近づいてきた。

救急車《きゅうきゅうしゃ》の上には、ソレが乗《の》っかっている。

ぼくはいつものように目をそらそうとした。でもなんだか様子《ようす》がおかしい。
ソレはこまったように、まるで人ごみを追《お》いちらすみたいに、細い腕《うで》をふらふらと動《うご》かしていた。
「救急車《きゅうきゅうしゃ》が通ります！　道をあけてください！」
救急隊員《きゅうきゅうたいいん》にそう注意《ちゅうい》されても、交差点《こうさてん》をわたる人たちは知らん顔で歩いている。

救急車《きゅうきゅうしゃ》の上では、ぼくが死神《しにがみ》だと思っていたものが、一生懸命《いっしょうけんめい》に腕《うで》を動《うご》かしている。

そのとき、ぼくは思ったんだ。

救急車《きゅうきゅうしゃ》の上にいるものは、ほんとうは死神《しにがみ》じゃないんじゃないかって。

だって、バスの中のぼくや、通りを歩いている人たちよりもずっと、救急《きゅうきゅう》車《しゃ》の中の人を心配《しんぱい》しているように見える。

今でもたまに、しずんだ表情《ひょうじょう》の人の背中《せなか》にソレが見えることがある。

あいかわらずおそろしげなすがただけれど、前みたいに目をそらすことはしなくなった。

かわりにあいさつをすることにしたんだ。

乗《の》っかられている人と、乗《の》っかってるソレにむかって。

窓《まど》に！　窓《まど》に！

「あぶないっ！」

お昼休みの教室で、ぼくとふざけていたユッキュンが、グラリ、窓《まど》のほうへとたおれる。

「つかまれ、ユッキュン！　……あれっ？」

ユッキュンをささえようと、ぼくは手をのばして……あれっ？

「ユッキュンが消《き》えた」

そばで見ていたタカちゃんが、ぼうぜんとした顔でいった。

教室が大さわぎになる。男子も女子も窓《まど》ぎわに集《あつ》まってきて、ぼくたちをかこんだ。

「なになに、どうしたの？」

「あのね、ユッキュンが……消《き》えた」

「消《き》えた？　なわけ、あるかよ」

「ほんとだよ。ユッキュン、窓《まど》にむかってたおれたんだけど、でも」

「まさかぁ。ねぇ、落《お》ちちゃったんじゃない？」

「ガラスは割《わ》れてないよ」

ここは校舎《こうしゃ》の二階《かい》だ。ヒビ一つない窓《まど》ガラスはピカピカで、きちんと閉《し》まっていた。ユッキュンは落《お》ちてなんかない。

ガラス越《ご》しに見える校庭《こうてい》では、野球《やきゅう》クラブがバットをふり回している。もうすぐ大会があるから、特別《とくべつ》にお昼休みも練習《れんしゅう》をしているんだって、先生がいっていたっけ。

「落《お》ちたんじゃないなら、どこに行ったんだよ」

短気《たんき》なカズくんが、窓《まど》ガラスに手をかける。だけどすぐにビクッとして、そこから手を離《はな》した。

「……お、おい！　みんなっ、これっ」

「ああっ！」

ぼくもタカちゃんも、その場にいた全員《ぜんいん》が息《いき》をのむ。

ユッキュンは——窓《まど》ガラスの中にいた。

泣《な》きながら両手《りょうて》でガラスをたたいていて、大きくさけんでいるようだけれど、ぼくたちにはなんの音も聞こえない。

ううん、窓《まど》ガラスの中のわけない。これ、ユッキュンはどこか後ろにいて、それがガラスにうつっているんだ……そうだよね？

同じことを考えたのか、タカちゃんがバッと後ろをふりむいた。

「ユッキュン、いない」

ぼくも背後《はいご》をたしかめる。ユッキュンはいなかった。

前を見る。窓《まど》ガラスには、泣《な》いてパニックになっているユッキュンがいた。

まるで音を消《け》したテレビみたいだ。

みんな、シンとだまりこんで、窓《まど》ガラスのユッキュンを見つめている。

「先生をよんでこようよ」

女子の、だれかがいった。

「これ、先生、どうにかできるのかよ」

カズくんが、ボソッとつぶやく。

窓《まど》ガラスのユッキュンは、イヤイヤと頭をふり続《つづ》けている。音はしなくても、全身《ぜんしん》の力をこめてガラスをたたいているのが、はっきりとわかる。髪《かみ》をふり乱《みだ》しながら、ぼくたちにすがるような目をむけてさけんでいる。

ぼくは、ハッと気づいた。ユッキュンの口の動《うご》き――「助《たす》けて」だ！

「ユッキュン！」

ぼくが一歩前に出た、そのとき。

ガシャ――――ン！

目の前でユッキュンが、はじけ飛《と》んだ。ぼくはその場に立ちつくす。

「窓《まど》ガラスが……」

タカちゃんがそういって、ゆっくりとすわりこんだ。

マンガのさけぶフキダシみたいに、ギザギザに割《わ》れてしまった窓《まど》ガラス。

ぼくは、さとった。野球《やきゅう》クラブの打《う》った場外ホームランが、ユッキュンのいたガラスを直撃《ちょくげき》したんだ。

「ごめーん、だれもケガはないかー？」

下から聞こえてくる、野球《やきゅう》クラブの男子の声。

なんて――こたえればいい？

地獄《じごく》を

ぼくのおじいちゃんはお坊《ぼう》さんだ。

だからすごくものしりだ。

そんなおじいちゃんがぼくにある質問《しつもん》をしてきたことがある。

「なあ、マモル。おまえ、体の調子《ちょうし》だいじょうぶか？」

何も悪《わる》いところはない。おじいちゃんは「それならいい」というけど、気になってしかたがない。しつこく聞き返《かえ》したら、教えてくれた。

「おまえが行ってる小学校な。あそこ、かなりまずいとこにあるんだよなぁ」

大むかし、小学校があった場所《ばしょ》は何もなく、だだっ広い野原だった。

だけどそこは、近くを通っただけで死《し》んでしまう場所《ばしょ》でもあった。
空を飛《と》ぶ鳥、迷《まよ》いこんだ動物《どうぶつ》、人間。ぜんぶ命《いのち》を落《お》とした。
パタリとたおれたと思ったら、死《し》んでしまうのだ。

そこは〈のろいの地〉だった。むかし、いくさでたくさんの人間が死《し》んで、
そのままほうっておかれていた。
また、ある時期《じき》、刑場《けいじょう》（罪人《ざいにん》を死刑《しけい》にする場所《ばしょ》）でもあった。近くには首《くび》
塚《づか》がある。罪人《ざいにん》の首がうめられているのだ。
あぶない場所《ばしょ》といわれ始《はじ》めたとき、そこに大きな穴《あな》があいた。
深《ふか》さはわからない。あまりに深《ふか》く、下まで見えないのだ。
この穴《あな》があいてから、近づく生《い》き物《もの》がすべて死《し》ぬようになった。

そのうち、人はそこを〈地獄穴《じごくあな》〉とよぶようになった。

「それからずーっとあとになぁ、おれのひいひいひい……んー、ずっと前のじいさんが封《ふう》じたらしいんだよ」

穴《あな》をたくさんの木でふさぎ、その上に土をかぶせ、大きな岩《いわ》をのせた。その岩《いわ》にはお経《きょう》をほって、封印《ふういん》した。

まわりはお墓《はか》にし、家が建《た》たないようにした。

それから、ぼくの家は代々《だいだい》ここに住《す》み、お坊《ぼう》さんになり、ずーっと、のろいの地である〈地獄穴《じごくあな》〉を守《まも》る役目《やくめ》を果《は》たしているのだ。

「ふうん……そうなんだ。って、なにそれ。信《しん》じると思ってんの？」

おじいちゃんはニヤリと笑《わら》う。

「信《しん》じるも信《しん》じないも、おまえの勝手《かって》」

ただほんとうに気をつけろ。そういうときだけ、まじめな顔に変《か》わった。

翌日《よくじつ》、学校を調《しら》べてみた。

たしかにグラウンドのすぐ横《よこ》、学校の外に〈首塚《くびづか》〉はある。

でも、ゴミだらけでだれも手いれしていない。そこで先生に聞いた。

「このあたり、お墓《はか》だったんですか？」

先生は、うむ、とうなずいた。

「もともとお寺があって、大きなお墓《はか》があったらしいんだなぁ。だから工事《こうじ》しているとたくさん骨《ほね》が出てきたし、工事現場《こうじげんば》の人がよくケガをしていたっていうね」

おじいちゃんのいっていたことが、ほんとうっぽくなってきた。

しかし〈地獄穴《じごくあな》〉をふさいでいる岩《いわ》はどこにあるんだ。

あやしい場所《ばしょ》をほかにも調《しら》べたが、どこにも見当たらない。あとは中庭《なかにわ》くらいだ。

夕方、そっとそこへ行ってみたが、何もなかった。

ただ、ここには大きな岩《いわ》がうまっているというウワサがあった。その岩《いわ》を見つけた人は、死《し》んでしまう、とも。

学校で一番長くつとめている先生がいう。

「校舎《こうしゃ》の工事《こうじ》をする前、このあたりの岩盤《がんばん》……まあ土の下を調《しら》べたんだよ」

すると、ちょうど真《ま》ん中《なか》に大きな岩《いわ》がうまっており、工事《こうじ》するのはたいへんだとわかった。だから、その岩《いわ》をさけ、かこむような形で、校舎《こうしゃ》は建《た》てられたのだ。

「ほら、よく見るとわかるだろう？　校舎《こうしゃ》が中庭《なかにわ》をぐるって、さ」

たしかにほんとうだった。

そういえば、この小学校は生徒《せいと》が行方不明《ゆくえふめい》になることがものすごく多い。

それだけではなく、先生たちがいなくなることもあった。

「最近《さいきん》、地獄穴《じごくあな》が開《ひら》きかけていたんだろう」

おじいちゃんのいうことでふと思い出した。

小学校では、おかしなウワサばかり聞いていたんだ。

教室の後ろからのびてくる毛糸。

窓《まど》からのぞく顔。

黒板《こくばん》にあらわれる不思議《ふしぎ》な文字。

たくさんの人が死《し》にかける教室。

いろいろな霊《れい》がとりついた男の子。

中庭《なかにわ》のおばけグモ。

学校の七不思議《ななふしぎ》には一つ足りないし、どれもウソっぽい。

このことも、おじいちゃんに話してみた。おじいちゃんは、ほうほう、そうかそうかとうなずいたあと、ひくい声でぽつりとつぶやいた。

「……地獄穴《じごくあな》が開《ひら》くとまずいんだよ」

地獄穴《じごくあな》が開《ひら》けば、とても危険《きけん》なことになるらしい。ずっと封《ふう》じていたぶん、

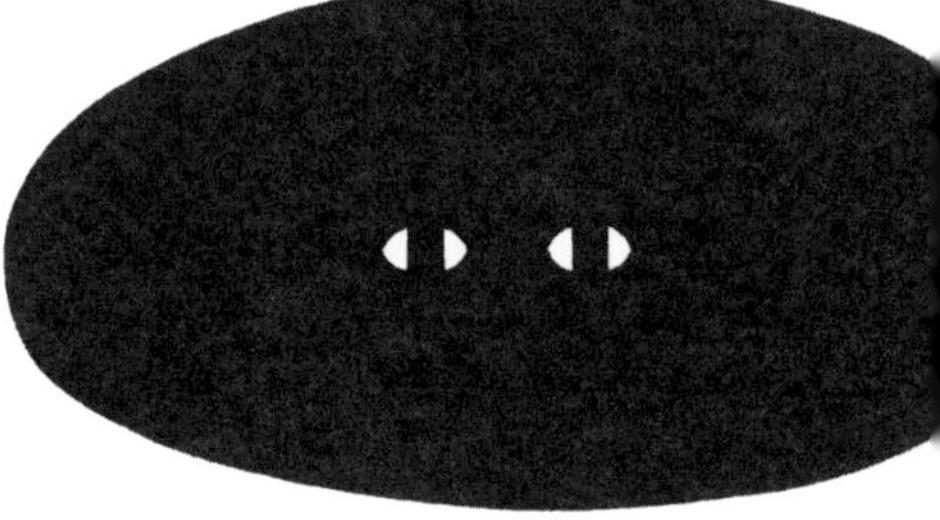

たまりにたまったものが地上に出てきて、ほんとうに地獄《じごく》を見ることになるという。

「だから、あの小学校がおかしなことにならないようにしないといかん」

ぼくが卒業《そつぎょう》してから何年もたったあと、中庭《なかにわ》はコンクリートで固《かた》められた。おじいちゃんは「よかった、これでちょっとのあいだは何もないだろう」とよろこんだ。その工事《こうじ》はおじいちゃんも関《かか》わっていたみたいだ。

首塚《くびづか》も岩《いわ》もあったけれど、でもただの伝説《でんせつ》だろう。

いつかぼくが大人《おとな》になったら、あの中庭《なかにわ》をほって、ちゃんと調《しら》べてやろう。〈地獄穴《じごくあな》〉なんてウソだと証明《しょうめい》してやるのだ。

だからぼくはお坊《ぼう》さんにはならないと、決《き》めている。

図《と》書《しょ》館《かん》のシオリさん

六時間目が終《お》わると、ぼくは一人で下校した。

とちゅう、通学路《つうがくろ》から少し離《はな》れたところにある児童遊園《じどうゆうえん》によった。

ベンチと水飲《みずの》み場《ば》があるだけで、遊具《ゆうぐ》も何もない。サッカーをするにはせますぎ、キャッチボールは禁止《きんし》になってる。すわりこんでゲームをしていれば「子どもは元気に遊《あそ》べ」とおこられる。つまらないからだれもこない。

ぼくが一人でいてもだれも気にしない、ヒミツの場所《ばしょ》なのだ。

あんまり早く帰るとママが心配《しんぱい》する。

「友だちとケンカしたの？　いじめられてるんじゃないの？」

そんなことないよママ、だれともケンカもしてないし、いじめられてもいない。そうじゃなくて、もともと一人が好《す》きなのだ。

友だちなんか最初《さいしょ》からいないし、いらないよ——っていったら、きっとそれも心配《しんぱい》されるだろう。

だから、ここで少し時間をつぶしてから帰って、「友だちと遊《あそ》んできた」といって安心《あんしん》させる。

一人でいると特《とく》にすることもない。それで児童遊園《じどうゆうえん》のベンチで一人で宿題《しゅくだい》をしてたら、だれかが声をかけてきた。

「宿題《しゅくだい》やってるの？　えらいね！」

顔を上げると、ベンチの前に知らない女の人が立っていた。

ブラウスとスカートにエプロン、それとメガネ。

クラスのだれかのお姉さんかと思ったけど、心当たりがない。ぼくには、こんなに気安《きやす》く声をかけてくれる友だちなんか一人もいないし。

それに、知らない人と口をきいちゃいけない。ぼくは無視《むし》した。

「つれないなあ。あ、そうそう。もうじき雨がふるよ。ここにいたらぬれちゃう。だから、屋根《やね》のあるところで雨やどりしたらいいよ」

お姉さんは小わきに本をかかえていた。

「お姉さん、そこの図書館《としょかん》にいるからさ。いつでもおいでよ」

そういってニカッと笑《わら》って行ってしまった。

知らない人と口をきいちゃいけないし、ついていくのもいけない。

でも、空模様《そらもよう》はあやしかったし、雨にぬれるのもいやだ。

本がたくさんあるところで、ゆっくり宿題《しゅくだい》をするのもいいかもしれない。

図書館《としょかん》は静《しず》かなところだった。

館内《かんない》ではさわぐ人などいないし、そもそもあまり人がいない。

試験勉強《しけんべんきょう》をしている高校生が何人か、それと図書館《としょかん》の司書《ししょ》さんが少し。

みんな、それぞれに本を選《えら》んだり、参考書《さんこうしょ》を開《ひら》いたりしている。

ぼくはこの場所《ばしょ》がとても気にいった。児童遊園《じどうゆうえん》のベンチもいいけど、ここはもっといい。さわがしい小学生が一人もいないところが特《とく》にいい。

本だなのあいだから、さっきのお姉さんがぼくにむかってニカッと笑顔《えがお》で手をふっている。思わずぼくも笑《わら》って手をふり返《かえ》した。


それからぼくは図書館《としょかん》に毎日通い始《はじ》めた。

お姉さん――シオリさんとは、図書館《としょかん》で顔を合わせるようになった。

シオリさんは本だなの高いところにある本を取《と》ってくれたり、いっしょに本を探《さが》してくれたりする。どうやら司書《ししょ》さんの一人らしい。

「ふーん、キミは小学生なのになかなかむずかしい本を読むんだねえ」

そういって感心《かんしん》したり、ほめてくれたりした。

「何かシオリさんのおすすめの本はないの？」

「そうだねえ。わたしのおすすめはキミにはまだむずかしいかもしれない。だから、キミがそれを読めるようになったら、そのうち教えてあげるよ」

シオリさんはメガネの奥《おく》の小さな目をいつもより細くして、ニカッと笑《わら》った。

静《しず》かな場所《ばしょ》で本を読むのは楽しかったし、本だなをめぐりながらシオリさんとひそひそ声で話をするのも実《じつ》はちょっと楽しかった。

シオリさんはものしりで、いろいろなことを教えてくれた。

本のこと、図書館《としょかん》のこと、この町のこと。不思議《ふしぎ》と自分のことは何も話してくれなかったけど、ぼくはぜんぜん気にしなかった。

「キミはいつも一人だけど、友だちがいないの？」

「一人が好《す》きなんだ」

でも今は、シオリさんと話をすることのほうが楽しくなり始《はじ》めていた。

だれかと話をするのがこんなに楽しいって思ったこともなかった。

この楽しい気持《きも》ちをだれかに教えたくもなったけど、そのことを教える相《あい》手《て》がいない。今まで友だちなんてほしいと思ったことはなかったので、そんな気持《きも》ちになっている自分にびっくりした。


そんなある日のこと。

「……わたしねえ、ちょっと旅《たび》に出ることにしたんだ。だから、たぶんもうこの図書館《としょかん》では会えない。キミともお別《わか》れだ。急《きゅう》な話ですまないね。だからおわびに、前にいってたおすすめの本を持《も》ってきた。これわたしの私物《しぶつ》なんだけど、キミにあげるよ。いや、これからはキミが持《も》っていてくれたほうがいいな。本、大好《だいす》きだよね?」

ぼくは本が好《す》きで、一人が好《す》きで、静《しず》かなところが好《す》きで、この図書館《としょかん》も好《す》きになった。でもぼくはもっと、シオリさんといろいろな話をしたかったよ。

「キミは案外《あんがい》さびしがり屋《や》なんだな。一人が好《す》き、っていってたくせに」

シオリさんはニカッと笑《わら》って、一冊《さつ》の本をぼくに差《さ》し出した。

革張《かわば》りのハードカバーで、タイトルも作者名《さくしゃめい》もどこにも書かれていない、ちょっとくたびれたずっしり重《おも》い古い本だった。

「わたしもキミとこうして話ができなくなるのはさみしいよ。でも、その本があればだいじょうぶ。今度《こんど》はキミの話をわたしに読ませてくれるのを楽しみにしてるよ。また会おう」

シオリさんはそれだけいうと、ぼくに手わたしたばかりの本の上に自分の手のひらを乗《の》せた。

シオリさんの手がうっすらと色味《いろみ》を失《うしな》っていく。肌色《はだいろ》はだんだん白くなり、さらにその白い肌《はだ》も透《す》けるように……文字どおり、透明《とうめい》になっていった。

「シオリさん！」

シオリさんの体はぼんやりうすれ、本の表紙《ひょうし》にとけこむようにすいこまれた。

その日以来《いらい》、シオリさんは図書館《としょかん》からすがたを消《け》した。

図書館《としょかん》のほかの司書《ししょ》さんにシオリさんのことを聞いてみた。

でも、不思議《ふしぎ》なことに「ここにはそんな名前の司書《ししょ》はいませんよ」と、みな首をかしげるばかりだった。

シオリさんのことをだれかに話そうかと思った。でも、話す友だちなんていないし、こんな話をしてもだれも信《しん》じてくれそうにないからやめた。

シオリさんがすいこまれていった本――。

あの本には、いろいろなことが書かれていた。

本のこと、図書館《としょかん》のこと、この町のこと、それから児童遊園《じどうゆうえん》でいつも一人ぼっちのさびしそうな男の子のこと。その子に声をかけてみたこと、その子が図書館《としょかん》に遊《あそ》びにくるようになったこと――。

ぼくのことだった。そこから先は真《ま》っ白《しろ》で、何も書かれていないページが続《つづ》いた。この本はきっとシオリさんが書いていた本なのだと思う。そして、この先はぼくが書かないとならないらしい。

シオリさんはぼくの話を読みたがっていた。

この本にいろいろなできごとを書いていけば、シオリさんはよろこんでくれるだろうか。いつか、本の中から出てきてくれるだろうか。

シオリさんがニカッと笑《わら》って思わず飛《と》び出してきたくなるような話を、ぼくは見つけられるだろうか。一人でそんな話を思いつくだろうか。

「……まずは新しく友だちを作ってみようかな」

ぼくは真新《まあたら》しい〈しおり〉を、最後《さいご》のページにはさんで図書館《としょかん》を出た。

悪魔《あくま》の十三階段《かいだん》　あとがき

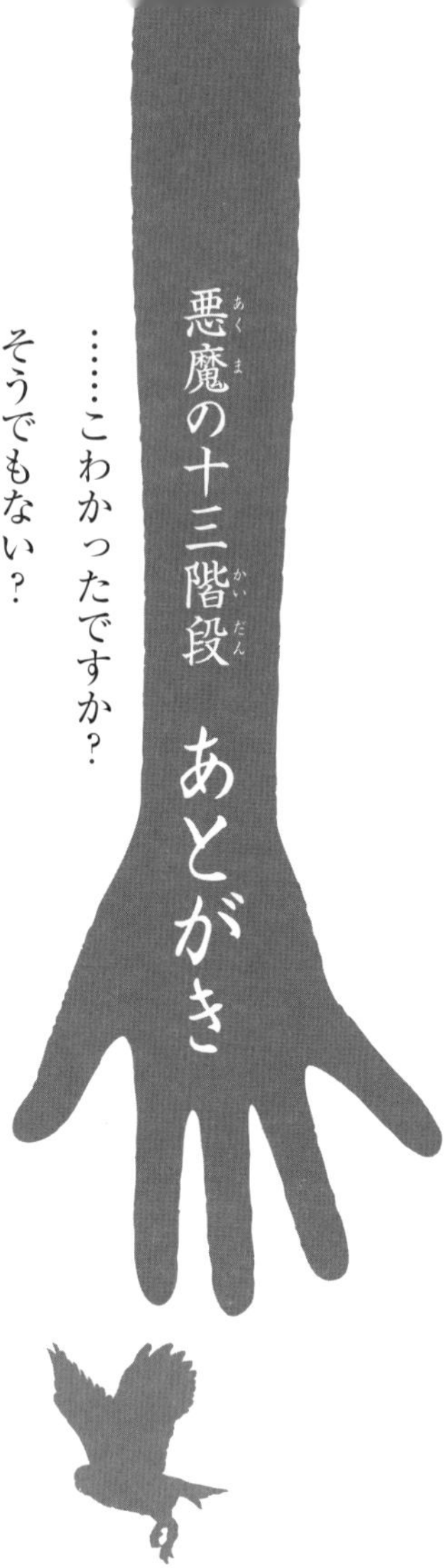

……こわかったですか？

そうでもない？

小さいころ、ぼくはほんとうにこわがりで、だれかがこわい話を始《はじ》めたり、テレビでこわい番組が始《はじ》まると、耳をふさいで子ども部屋《べや》に逃《に》げこんで、ふとんをかぶって寝《ね》てしまうような子どもでした。大人《おとな》になった今は仕事《しごと》でこわい話をいろいろ聞き集《あつ》めたり書いたりしていますが、大きくなってもこわいものはこわいのです。「こわい話ばかり聞いていて、こわくないの？」と友だちに聞かれることもしょっちゅうですが、「もちろんこわいに決《き》まってるじゃないか！」とこたえると、「じゃあもっとこわい話を教えてあげるよ」といわれてしまいます。友だちは選《えら》んだほうがいいです。——加藤　一一年生になったみんな、学校は楽しいですか？　友だちはできましたか？　おや、キミはまだ友だちがいないのかい？　おかしいな、だったらさっきからキミの後ろでニヤニヤ笑《わら》ってる子はだれなんだろうね。―――――――――

つくね　乱蔵

今回のお話はどうでしたか？　こわかったですか？　こわがってもらえたのならうれしいけど、こわくなかった人は暗《くら》い道に気をつけてね。緑色《みどりいろ》のおばけに追《お》っかけられるかも。

―――――――――――――――――――――――――――――ねこや堂

きのう、エレベータに乗《の》っていると、とびらが閉《し》まるのと同時に悲鳴《ひめい》が聞こえました。女の人の声です。いつもこわい話ばかり書いているからいけないのかなって思いました。みなさんはこわいものを見たいから読んでいるのですか？　ならだいじょうぶ。この本の中にほんとうのこわい話がいくつかまざっているはずですよ。―――――――――――――

橘　百花

なんだかこわいことがあるなぁ、と思ったら、たくさんごはんを食べて、たくさん眠《ねむ》ってください。あとたくさん笑《わら》ってください。それでだいじょうぶです。神主《かんぬし》さんから教えてもらいました。―――――――――――――

久田　樹生

毎回のことですが「一番の自信作《じしんさく》」が掲載《けいさい》を見送《みおく》られ、「一番不出来《ふでき》だと思った作品」が掲載《けいさい》されるのは、実に不思議《ふしぎ》でおもしろいです。今回も、一番の自信作《じしんさく》であるトイレの神様《かみさま》のやつが選《えら》ばれず、一番不出来《ふでき》だと思っていたニガイニガイが選《えら》ばれました。——黒実 操

旅先《たびさき》でこわい話をさがしているといって回っていたら、夜にこの場所にきたらこわい話を聞かせてあげるよといわれました。いわれたところに行くとお墓《はか》でした。話をしてくれる人は何人もいましたが、みんな、あっち側《がわ》が透《す》けて見えてました。——神沼 三平太

出会いと別《わか》れの季節《きせつ》ですね。わたしにも十年以上《いじょう》会っていない友だちがいます。連絡《れんらく》も一年に一度あるかないか……でもとても大事《だいじ》な友だちです。この地球《ちきゅう》の同じ空の下で、元気にしていてくれるだけで自分もがんばろうと思えます。そんな出会いがみなさんにもありますように。——二階堂 もりか

みんな、今回の『怪《かい》ダレ』はこわかったかな？　これはないしょの話だけど、パソコンでこわい話を書いていると、パソコンの電源《でんげん》がつかなくなることがあるんだよ。なんでだろ？　やだやだ。——高田 公太

目次《もくじ》 著者一覧《ちょしゃいちらん》

監修・著者

◆**加藤 一**（かとう はじめ） 1967年静岡県生まれ。自称、日本で一番逃げ足の速い怪談コレクター。実話怪談コンテスト「超-1」、創作怪談コンテスト「怪集」を企画主宰、コンテストの傑作選の編者をつとめている。既著に「怪異伝説ダレカラキイタ？」シリーズ（あかね書房）、「「極」怖い話」シリーズ、「恐怖箱」シリーズ、『北野 誠の実話怪談 おまえら行くな。黄泉帰り編』（北野 誠著・加藤 一編）（以上、竹書房）などがある。

執筆協力

◆**神沼三平太**（かみぬまさんぺいた）神奈川県出身。代表作に『亡霊の時間割』『幽霊の連絡帳』『怪奇の授業』『霊界の宿題』『教室の七不思議』『学校の心霊』『悪魔の十三階段』（ともにあかね書房）、『恐怖箱 百眼』『恐怖箱 崩怪』『恐怖箱 坑怪』（竹書房）などがある。大学の非常勤講師の顔も持つ。

◆**黒実 操**（くろみ みさお）熊本県出身。代表作に『幽霊の連絡帳』『怪奇の授業』『霊界の宿題』『教室の七不思議』『学校の心霊』『悪魔の十三階段』（ともにあかね書房）、『怪集 蟲毒』（竹書房）などがある。

◆**高田公太**（たかだこうた）1978年生まれ、青森県出身。代表作に『学校の心霊』『悪魔の十三階段』（ともにあかね書房）、『恐怖箱 蟻地獄』『恐怖箱 精霊舟』『恐怖箱 百眼』（竹書房）などがある。

◆**橘百花**（たちばな ひゃっか）栃木県出身。代表作に『職員室の怪談』『亡霊の時間割』『幽霊の連絡帳』『怪奇の授業』『霊界の宿題』『教室の七不思議』『学校の心霊』『悪魔の十三階段』（ともにあかね書房）、『恐怖女子会 火炎の呪』『怪・百物語』『恐怖箱 狐手袋』（竹書房）などがある。

◆**ねこや堂**（ねこやどう）代表作に『職員室の怪談』『亡霊の時間割』『幽霊の連絡帳』『怪奇の授業』『霊界の宿題』『学校の心霊』（ともにあかね書房）、『恐怖箱 百眼』（竹書房）などがある。

◆**つくね乱蔵**（つくね らんぞう）1959年福井県生まれ。代表作に『悪霊の教科書』『職員室の怪談』『亡霊の時間割』『幽霊の連絡帳』『怪奇の授業』『霊界の宿題』『教室の七不思議』『学校の心霊』『悪魔の十三階段』（ともにあかね書房）、『怪・百物語』『怪談五色』『恐怖箱 厭鬼』（竹書房）などがある。本業は会社員。

◆**二階堂もりか**（にかいどうもりか）熊本県出身。インターネット上の電子書籍サイトなどで活動。代表作に『怪奇の授業』『霊界の宿題』『学校の心霊』（ともにあかね書房）がある。本業は設備系技術者。

◆**久田樹生**（ひさだ たつき）1972年生まれ。代表作に「怪異伝説ダレカラキイタ？」シリーズ（あかね書房）、『「超」怖い話 怪業』『「超」怖い話 怪團』『「超」怖い話 怪神』『「超」怖い話 怪仏』（竹書房）など多数ある。本業は会社員。

画家

◆**岩清水さやか**（いわしみずさやか）北海道生まれ、千葉県育ち。2002年、第123回ザ・チョイス入選。装画、挿絵を担当した作品に『タタリの学校』『恐怖の教室』『悪霊の教科書』『職員室の怪談』『亡霊の時間割』『幽霊の連絡帳』『霊界の宿題』『教室の七不思議』『学校の心霊』『悪魔の十三階段』（ともにあかね書房）、『放課後の怪談 暗闇からのびる手』『放課後の怪談 3分の1の魔法』『タイムストーリー 1日の物語』（偕成社）、『むこうがわ行きの切符』（ポプラ社）などがある。

◆編集協力：中島 妙

怪異伝説ダレカラキイタ？⑬ 悪魔の十三階段

2015年5月25日 初版発行

監修・著者 **加藤 一**
画　家 **岩清水さやか**
装　丁 **郷坪浩子**
発行者 **岡本光晴**
発行所 **株式会社あかね書房**
〒101-0065東京都千代田区西神田3-2-1
電話03-3263-0641（営業） 03-3263-0644（編集）
http://www.akaneshobo.co.jp
印刷所 **錦明印刷株式会社**
製本所 **株式会社ブックアート**

NDC913 158ページ 19cm